聯合文叢 260

百年追問

蕭關鴻◎著

蕭關鴻的人性關懷 〈推薦序〉

蔣 勳

　　台灣的讀者多半知道龍應台的《百年思索》，也許較少人讀過蕭關鴻的《百年追問》。

　　我讀這兩本書的感受，似乎恰好與書名相反；龍應台的《百年思索》許多地方透露著急切的「追問」；倒是蕭關鴻的《百年追問》，似乎更多隱微的「思索」罷。

　　這兩本書是應該合併起來閱讀的。

　　無論是「思索」，或是「追問」，對於一百年來中國近代史許許多多變革與走向，兩本書的關心是一致的。

　　蕭關鴻的《百年追問》第一次讀到時很令我動容。他書中的人物，辜鴻銘、瞿秋白、秋瑾、胡適之、黎烈文、謝冰瑩、梅蘭芳、張愛玲……看起來輕描淡寫，因為容易讀進去，一讀起來，也就放不下手。讀完之後，許許多多近代的人物，不同的生命形式，各自完成自己的方法，在歷史變革中的褒貶愛恨，忽然交織成一個難以說明是非對錯的時代的現象，也許正是那「現象」使人動容罷，而那「現象」也比任何急切於下判斷的「歷史」更貼近時代的真實面貌吧！

　　蕭關鴻在《百年追問》中，提到司馬遷的史記，提到〈列傳〉，提到「紀實文學」。

　　我不確定〈列傳〉算不算是一種「紀實文學」。

回想起來，中學時耽讀《史記》的〈列傳〉，後來好像也因為這個原因轉到歷史系。可是歷史系沒有開《史記》這門課。我跑去問系主任；主任的回答對太史公的「歷史真實性」似乎頗有保留，他說：你可以去中文系選修《史記》。

　　《史記》更接近「紀實」，還是更接近「文學」，也困擾了我一段時間。

　　我現在仍然耽讀《史記》，耽讀從青年時就為之唏噓不已的〈列傳〉，也正是蕭關鴻在《百年追問》中說的「荊軻」、「項羽」、「屈原」……這些人物的動人形象吧！

　　是的，不確定「荊軻」是否就是歷史上的荊軻，當年刺殺秦王這樣機密的大事，太史公似乎竟在現場，他使讀者參與了一次歷史上最悲壯的告別，高漸離擊筑，高亢的壯士之音：風蕭蕭兮易水寒……

　　太史公不只在寫歷史的真實，也許他更關心著「人性」的真實吧！他每每在〈列傳〉的情境中現身了自己的悲愴。

　　《史記》，尤其是《史記》的〈列傳〉，多年來，已不只是「歷史」，其實是一種「美學」。

　　中國美學史上，影響最大的一本書其實可以說是《史記》，特別是《史記》的〈列傳〉。

　　沒有《史記》中對圍困於垓下的項羽那麼深情的描寫，不會有今天戲劇、文學，乃至於電影中的《霸王別姬》。項羽不再只是歷史上爭奪權力與江山的政治野心者，他被恢復成為「人」，從「人」的原點，有了和烏騅與虞姬告別的愴然哀

傷的畫面。

也許太史公是在歷史裡看到了人吧！

沒有人關心的歷史，往往也就少了美，也少了悲憫。

蕭關鴻的《百年追問》或許是一部中國近代〈列傳〉的雛形。再次閱讀，還是深為感動，似乎也因為蕭關鴻關心的，不只是歷史，而是在那歷史巨大的輾輪，攀爬而上，或沉淪而下的人的浮沉，人的掙扎，人的各種不同形式的存在與自我定位吧！

歷史中有了人的關心，也就似乎更近於文學了。

百年來的中國，有人思索，有人追問，也許是可以準備寫《史記》的時刻了，《史記》中的劉邦，有一種開國的霸氣，《史記》中的呂后有一種殘厲陰鷙的手段，《史記》中的蕭何，真是智謀深遠，又可以周旋於鬥爭之間，有若無其事的瀟灑與自在，《史記》中的韓信，還是使人覺得即使權傾一時，畢竟是一個只會打仗的莽夫……

讀著《史記》，忽然覺得這些人物都一一重現了，劉邦似乎是毛澤東，呂后有點像江青，蕭何會是周恩來嗎？韓信竟影射著林彪的下場嗎？那麼，平定諸呂，穩定漢代基業的元老重臣又會是誰呢？

《史記》常常使我看到了自己時代的種種現象，也許《史記》竟是在寫一種「典型」吧，「典型」在歷史裡是真實人物，在文學戲劇裡就被歸屬成：生、旦、淨、末、丑。

但是一部《史記》，民間最愛讀的也並不是真實的歷史，

而是隱藏在〈列傳〉中歷史的真實吧！

　　我讀關鴻兄的《百年追問》，是以這樣的心情讀的，可以讀到熱淚盈眶，可以讀到掩卷而嘆，因為裡面的人物一一呼之欲出。

　　謹以此為《百年追問》的台灣出版為序。

2002、5、6於八里

建造歷史的紀念碑 〈自序〉

蕭關鴻

這幾年,我完成了一個小小的工程,主編了兩套書:十八卷本的《二十世紀中國紀實文學文庫》和四卷本的《百年中國傳記》,兩套書共計一千餘萬字。

我曾經這樣寫過:

紀實文學是一個民族為自己建造的紀念碑。它真實地記錄了民族的盛衰強弱榮辱興亡。墨寫的史冊比任何花崗岩建築更加永久而輝煌。

紀實文學的傳統源遠流長,幾乎與文明史一樣悠久。早在公元前後兩個世紀,東西方相繼出現如《史記》與《希臘羅馬名人傳》這樣的煌煌巨著。但是,中國古典紀實文學主要的樣式傳記文學的黃金時代並沒有持續多久。長期的停滯一直到明清之交才出現轉機。本世紀初,紀實文學的另一種主要樣式報告文學應運而生,這不僅出於急劇變化的時代的需要,而且還與近代新聞事業和機器印刷術的產生和發展密不可分。

新時代呼喚的新文體取代了與幾千年帝制崩潰同時掃蕩的舊文體。傳記文學的復興,報告文學的新生,中西文化交匯的激流注入的生命力,使紀實文學呈現了全新的面貌和空前的繁榮。

現代紀實文學的興盛是歷史的選擇。它與二十世紀中國的命運息息相連。紀實文學成為時代最敏感的神經；同樣，時代也為紀實文學提供了最廣闊的天地。

　　二十世紀中國發生了前所未有的巨大變化，這個世紀對當代人與後繼者都有特別重要的意義。當世紀末臨近時，人們從各個領域各個角度各個層面對這個將要結束的一百年進行回顧總結。這是一個太大的題目，我們只能從某一方面做點自己的努力。

　　我選擇紀實文學首先因為還沒有人做過這樣的梳理和總結。這個嘗試富有挑戰性。另外，紀實文學既是歷史的、又是文學的，是文學作品中最為貼近歷史貼近現實的一種樣式。梳理紀實文學的脈絡是梳理歷史與現實的脈絡。

　　收在這本書裡的文字就是這次梳理過程中寫下的札記。

　　說梳理其實是個有點狂妄的說法。當這兩套書出版之後，我重新翻閱一遍時才突然悟到，這只不過是我和我的合作者很主觀的選本，是我們勾勒的一張主觀色彩很濃的草圖，其實只是我們個人眼中的一部紀實文學史。因為沒人做過，權且拋磚引玉。

　　這些札記是零零星星的思考和斷斷續續的紀錄。因為這些札記談的是紀實文學，可以不僅談文學，也談歷史。這歷史是文學中的歷史，這文學是歷史中的文學。

　　這些札記試圖對一百年的紀實文學勾勒一個輪廓，或者提供一條線索，但更多的是提出問題。對文學的提問也是對

歷史的提問，對歷史的質疑也是對文學的質疑。

　　世紀之交的中國人面對太多的問題，有的問題已經提了一百年，有的問題是前人不曾提出過的。但是不管人們願意不願意聽，提出問題並且執著地追問便是盡了一份責任。其實，知識分子的作用不過如此而已。

目錄

contents

contents

目　錄

contents

目　錄

contents

目　錄

一個大手筆的出現會有許多偶然性，

但一批大手筆的出現一定有必然性，

那就是有適合他們生成的氣氛和土地。

傳記百年

荊軻刺秦王之後，在二千多年的中國歷史上，不知出現過多少義無反顧的刺客，演出過多少驚心動魄的悲劇，但沒有一個比荊軻給人更深刻的印象。「風蕭蕭兮易水寒，壯士一去兮不復返」的名句千古流唱。是司馬遷的《史記》賦予了荊軻不朽的歷史生命。

比司馬遷晚二百多年，西方出現了第一位劃時代的傳記作家普魯塔克。至今人們想了解古希臘羅馬，仍不能不讀他的《希臘羅馬名人傳》。英國偉大戲劇家莎士比亞的名劇《裘力斯‧凱撒》和《安東尼與克麗奧巴特拉》直接取材於這部名人傳。法國偉大作家拉伯雷悉心研究並且刻意模仿名人傳的風格。德國偉大的樂聖貝多芬也屢次提到深受名人傳的影響。普魯塔克描繪的古希臘羅馬人在歷史上活了將近二千年，至今沒有變為化石，仍然散發著生命力。

我們不能不感嘆傳記文學的魅力。

傳記文學是人類文化史的源頭之一。中國傳記文學的源頭可以追溯到二千多年前。

研究家們在我國最早的文化典籍中已經找出萌動的傳記意識。而畢生倡導傳記文學的胡適則認定《論語》是第一部開山的傳記。他說：「它是二千五百年來第一部由當時的白話所寫的生動的言行錄」，「開傳記文學一種新的體裁」。

另一位學問家毛子水同意胡適的說法，「這本書好像把

孔子這個人活生生的保存下來了。」毛子水還假設:「我們試想:如果有了孔子這樣一個人而沒有《論語》這部書,這豈不是我們東方人一個大損失。」

當然,中國文化史是不能這樣假設的。如果沒有一部《論語》,我們對孔子知道多少?中國文化史可能也因此成另一番面貌。

但是,《論語》的著眼點主要還是孔子的言論,而不是孔子的生活,畢竟只能看作傳記的資料,還不是傳記本身。因此,說他是傳記的雛形似乎更確當。

中國傳記文學真正的開山之作當推《史記》。

《史記》開創了以人物紀傳替代事件敘述,通過傳人紀事來書寫歷史的方式。司馬遷之後,東漢的班固襲用這種「紀傳體」,以後歷朝歷代的正史都襲承此體,一部二十四史都這樣寫下來了。用人物傳記來記錄歷史是中國人特有的紀寫歷史的方式,與西方完全不同。

司馬遷奠定了傳記文學的地位。魏晉以前,文學和史學是不分家的。所以魯迅稱讚《史記》是「史家之絕唱,無韻之離騷」,也是文史並舉。

司馬遷寫《史記》的志向很高,是要「究天人之際,通古今之變,成一家之言」。但他真正留傳下來的卻是他筆下的人物形象。

一部《史記》寫了四千多個各色人物,二三百個主要人物,其中幾十個人物活靈活現,呼之欲出,膾炙人口。多少

元代雜劇、清代戲劇、現代話劇都是從這些人物形象中汲取靈感，借用題材。多少後代是從這些人物形象了解《史記》，認識歷史的。

專家評點二十四史，「近不如古」、「每下愈況」。原因很多，主要一條就是「前四史」之後沒有幾篇成功的傳記，沒有幾個活下來的人物。

二十四史中，除《史記》，比較好的還有《漢書》、《三國志》和《後漢書》，稱為「前四史」。司馬遷、班固、陳壽和范曄的年代還有一定程度的獨立性和自由度。或者說，他們還能不同程度地避開統治者的干擾獨立寫作。越到後代，統治者對修史越看重，控制越嚴。史書成了官書，也就成了死書，沒有一點活力。

司馬遷經過李陵之禍，寫《史記》，猶如屈原被楚懷王放逐之後寫《離騷》，已無意博取統治者的歡心，也就是不願再作御用文人，而要立「一家之言」。有人說他「是非頗謬於聖人」，「作謗書」，都從反面說明他有著獨立的人格，這才使他筆下有神，文字有了悠遠的生命力。

班固寫《漢書》時賦閒在家，既無官銜，也無官管，寫作頗為自由。後來有人控告他私改國史，被捕入獄，弟弟班超為他申冤，漢明帝讀了《漢書》初稿，非常讚賞他的才華，任命他為蘭台令史，正式命他修《漢書》，他才不得已從「私撰」變為「官撰」。

陳壽寫《三國志》也是從「私撰」變成「官撰」的。他

年輕時在蜀漢做小官，廣為搜集史料，為其後的著述作了多方面的充分準備，這時還屬業餘愛好和業餘寫作。他正式撰寫三國史是入晉之後，因晉受魏傳，他不能不以魏為正統，但他並未對吳蜀有任意的貶抑，表現了史家的獨立和公正。

范曄寫《後漢書》是在遭貶之後，他恃才傲物，桀驁不馴，不甘禮教的束縛。這種叛逆性格終於得罪權貴而遭貶，此後他悉心寫書，四十八歲被殺時還沒寫完。他筆下愛憎分明，無所隱諱，褒貶不同流俗。《後漢書》純屬私家著述，是個例外。有關東漢的史書很多，范曄的書能流傳下來這是個重要的因素。

「前四史」有的是「私撰」，有的從「私撰」變成「官撰」，他們獨立思考和獨立寫作的程度不同。但這樣的條件後來者很難得到了。制度的禁錮和思想的束縛扼殺了傳記文學的生命。

傳記文學古典的黃金時代並沒有持續很久。《史記》代表了古典傳記的最高成就。以後便是長期的衰微和停滯，直到上世紀末。

因此，中國文學傳統中，傳記是最薄弱的一環。

在這點上，我國兩位研究傳記文學最著名的學者胡適和朱東潤的觀點是一致的。胡適說：「二千五百年來，中國文學最缺乏、最不發達的是傳記文學。」朱東潤也說：「平心而論，傳敘文學在中國文學中實為不甚發達之部門。」

中國文學傳統歷來以詩為正宗，敘事文學並不發達。漢

民族沒有產生過自己的史詩，敘事詩中的精品也不多見。而傳記文學與敘事文學的發展關係密切。敘事文學，尤其長篇小說的繁榮是明清以後的事。而且，它是在市民說唱的基礎上發展起來，屬於新興的口語文學，與傳統的文人文學是兩個系統。傳記文學缺少這方面的借鑒和補充。

另外，中國文學在形體方面多簡短之作。言簡意約，即是上品。詩歌、散文、小說和傳記都是如此。這是傳統和特色，但也是局限，對敘事文學的發展非常不利。用胡適的話說是「最不幸的事」。

中國現代傳記，即區別於古典傳統模式的現代傳記是本世紀初思想解放運動的產物，也是向西方學習的結果。

西方傳記文學與中國一樣，在公元前後出現第一次輝煌的高峰之後，經過一千多年的停滯和低潮。但它的第二次高潮出現在十八世紀，發生在兩個最先進的西方國家英國和法國。

一七九一年出版的英國作家鮑斯威爾的傳記作品《約翰遜傳》被譽為西方傳記文學史上第一部最重要的長篇傳記。英國另一位著名傳記作家麥考萊這樣說：「如果荷馬是第一名詩聖，如果莎士比亞是第一名戲劇家，如果德莫西尼士是第一名演說家，那麼，鮑斯威爾便毫無疑問是第一名傳記家了。」法國著名作家莫洛亞索性稱鮑斯威爾是「現代傳記之父」。

鮑斯威爾在談到傳記時說：「我們作傳的時候，對於傳主固然應當崇敬，但是對於知識、對於道義、對於真相，我

們應當有更大的敬意。」鮑斯威爾的這個態度被後人稱為「鮑斯威爾精神」，產生過深遠影響。

在法國則產生了盧梭的《懺悔錄》，這是第一部社會下層出身人物的長篇自傳，對傳記文學和整個西方文學都有著革命性的影響。

盧梭宣稱他寫《懺悔錄》是在「做一項既無先例，將來也不會有人仿效的艱巨工作，我要把一個人的真實面目赤裸裸地揭露在世人面前」。他批評蒙田只是「暴露一些可愛的缺點」，而沒有暴露自己的「可憎之處」。他的自我解剖和自我歌頌是法國大革命前夕個性解放要求最強烈的呼聲，他對封建制度的批判也是啟蒙學者中最為激烈的。

一九二八年，我國出版了第一個《懺悔錄》中譯本，此後短短二十年中，竟有五位譯者的九種譯本在我國流傳，這是介紹到我國來最早影響最大的西方傳記，對我國三十年代傳記文學形成高潮起了巨大的推動作用，尤其是對三十年代自傳熱的影響不可忽視。

中國傳記文學的第一次高潮代表作《史記》比西方第一部奠基之作要早二百年。而西方第二次高潮的重大成就對中國發生影響卻要等二百年之後。

中國傳記從古典到現代過渡交替時期，作出開創性努力，貢獻最大的是戊戌維新運動的領導人梁啟超。梁啟超以畢生精力推動中國的啟蒙運動。他的文化活動領域極為廣泛，涉及文史哲諸方面，傳記文學是他極力提倡和努力實踐

的一個重要方面。他最早向國人介紹了西方傳記作品。

　　梁啟超幾乎所有的傳記都貫穿著一個共同的基本思想，即英雄崇拜。他看到晚清政治的黑暗、戊戌變法的失敗，所以竭力發掘和表彰古今中外建立豐功偉績的英雄，為他們立傳，弘揚英雄主義，激勵民族精神，以圖改造中國，因而他的傳記作品的社會政治價值超過作品本身的文學價值。

　　梁啟超傳記理論的貢獻和影響更大。他在《中國歷史研究法》等著作中最早向國人介紹了西方傳記理論，又對中國古典傳記的歷史作了梳理，提出了一系列新的理論主張，他的許多獨創性的見解至今讀來仍受啟迪。

　　由於梁啟超的倡導，從戊戌維新到五四運動前後，傳記寫作蔚成風氣，大量傳記發表在剛剛興起的白話報刊上，有的傳記本身也用白話寫作。據晚清文學專家阿英的研究，這一時期發表的傳記作品，傳主大多是中國歷代政治文化偉人、民族英雄和中外資產階級革命家。中國傳記文學的政治功利性傳統到晚清發

梁啟超

展到了頂點。

與我國五四新文化運動幾乎同時，英國現代最傑出的傳記作家李頓‧斯特拉屈發動了一場「傳記文學革命」。

研究者把斯特拉屈一九一八年出版的代表作《維多利亞時代名人傳》在傳記文學上產生的革命性影響與我國新文學運動相比擬。我國的新舊文學以五四運動為分水嶺，而西方的新舊傳記文學則以《維多利亞時代名人傳》的出版年代為分水嶺。

這本書的序言被人稱為傳記革命的「宣言」。斯特拉屈寫道：「我們從來不曾想到：要寫出一部好的生平，幾乎跟度過一個好的一生一樣不容易。那些我們習慣地用來頌揚死人的兩大厚冊傳記，寫出這些書的文匠們根本就不了解他們，裡面盡是一大堆未經消化的材料，亂七八糟的文體，乏味冗長的頌詞及沒有剪裁的手法。」他建設性地提出了新傳記的三大信條：

一是「清晰簡潔」，即去掉所有多餘的東西，而不遺漏重要的東西。

二是保持傳記作者的「自由精神」。

三是「不偏不倚地追求真實」，把整個事實的真相表露來。

這看似簡單明瞭的三大信條對過去傳記的弊病作了徹底的清算，概括了傳記寫作從內容到形式諸方面最重要的原則，要真正做到還不容易。

真理常常是簡單明瞭的。

「傳記文學革命」的影響深遠，使傳記文學成為二十世紀發展最快成就最大和最受人們歡迎的一種文學樣式。

　　世界傳記文學進入了黃金時代。

　　在斯特拉屈發表那篇著名的「革命宣言」前四年，胡適已經寫下了題為《傳記文學》的札記。表明我國現代傳記文學的倡導者在理論上的思考已經成熟。

　　胡適十三歲離開家鄉到上海求學，開始接受維新思想，受梁啟超的影響尤大。他主編中國公學校刊，發表了一系列傳記作品，開始倡導傳記文學。一九一○年赴美留學後，又廣泛接觸了西方傳記作品和傳記理論。

　　美國學者霍理齋這樣分析梁啟超和胡適這兩位中國現代傳記最重要的倡導者：「胡適較梁啟超晚生一代，對於西方文化亦較梁氏了解。胡氏對傳記的觀念並非如梁氏來自實際寫作的經驗，而繫基於對西方文學之認識而自理論上加以考慮。」

　　確實，梁啟超只是在西方走馬看花，而胡適在美國求學苦讀，對西方文化自然了解更深。他在康乃爾大學寫下的札記《傳記文學》就是對東西方文化進行比較和思考的結果。他比較了東西方傳記文學的差異，「吾國之傳記，惟以傳其人之人格，西方之傳記，則不獨傳此人格而已，又傳此人格進化之歷史」；他又進一步具體分析東西方傳記的長處和短處，強調傳記應當揭示傳主的「人格進退之次第，及進退之動力」。這篇札記實際上提出了一套比較完整的傳記理論。以

胡適

後五十年間，胡適倡導傳記文學的理論和實踐都可以在這篇札記裡找到根據。

胡適是個非常矛盾的人物，在他身上存在著新舊兩種道德和價值標準的衝突。他一生倡導發展傳記要借鑑西方傳記經驗，用現代學術眼光，突破舊傳記的模式，但他畢竟從小接受中國傳統文化教育，他的傳記作品表現出他對中國傳統道德的推崇和讚美。他寫傳記時對材料的重視遠超過對人物性格的重視，而這正是中國史傳文學的特徵。

胡適對於中國傳記文學發展的最大貢獻，並不在他自己的作品，而是他的傳記文學理論和他為傳記文學發展所作的呼籲和推動。如果說中國古典傳記向現代傳記的轉型是從梁啟超開始的，那麼是由胡適完成的。他們的貢獻最大。梁啟超與胡適兩代人的努力，為三四十年代中國現代傳記創作的繁榮做了準備。

中國現代傳記繁榮的最初表現是大量自傳和回憶錄的出現。

五四新文化運動帶來了知識分子個性的解放，寫作接近西方傳記體式的自傳或回憶錄成了作家們自我表現和自我張揚的一種最方便的形式。

最早寫作自傳的是作家郁達夫、郭沫若，史學家顧頡剛和戲劇家歐陽予倩。郁達夫寫過多種自傳，最早的一部是一九二七年發表的日記體自傳《日記九種》。顧頡剛一九二六年寫的《古史辨自序》是一部學術自傳。歐陽予倩一九二九年發表的《自我演戲以來》是舞台生活回憶。郭沫若在大革命失敗後的低潮中開始寫作自傳《我的幼年》，之後一發不可收。我所見的這四種最早的自傳恰好是四種不同的形式。

進入三十年代，寫作自傳漸成風氣。其中以作家自傳或回憶錄最有影響。倡導傳記文學的胡適身體力行寫出《四十自述》。郭沫若的自傳主要是在三十年代寫的，洋洋灑灑一百多萬字，先在報刊連載，然後出多種單行本。而謝冰瑩以一部《女兵自傳》傾倒了多少熱血青年。上海第一出版社以「自傳叢書」為名推出一批書：《巴金自傳》、《欽文自傳》、《廬隱自傳》、《資平自傳》和《從文自傳》等等，一時蔚為壯觀。

這時期還有幾種非作家的自傳值得注意。共產黨領袖瞿秋白在獄中寫的《多餘的話》，另一位共產黨創始人陳獨秀晚年寫的自傳二章。這兩位共產黨人都是大知識分子。瞿秋白臨刑前留下自白讓後人去評說，而陳獨秀沒寫完的自傳則讓

後人惋惜。著名新聞記者鄒韜奮的《經歷》和著名出版家張靜廬的《在出版界二十年》，都有著珍貴的價值，還有北大校長蔣夢麟的《西潮》則「有點像自傳，有點像回憶錄，也有點像近代史」，別具一格。

自傳在古典傳記中是所謂雜體傳記中的一種，是作品數量最少影響最小的一門。與史傳文學的巨大成就無法比擬。但自傳的興盛則是現代傳記的重要標誌，也是現代傳記發展的主要成就。

儘管這些著名自傳都有鮮明個性和多種色彩，都極力張揚自我，但也有一個共同點，如郭沫若在《我的幼年》前言中所說：「我寫的只是這樣的社會出生了這樣一個人，或者也可以說有過這樣的人生在這樣的時代。」

這些自傳影響重大，是因為通過個人命運展開了一幅極為廣闊豐富的中國現代史畫卷，其及時性與現實感、深度與廣度是其他文學樣式難以比擬的。

與自傳的蓬勃繁榮相比，三十年代一般性的他傳則相形失色。

值得注意的是關於魯迅先生的多種回憶錄和關於武訓的多種傳記。

到了四十年代，才出現了朱東潤。

朱東潤可以說是中國第一位用畢生精力認真研究西方傳記文學、用現代方法進行寫作的最重要的傳記文學家。

朱東潤在英國留學時讀到鮑斯威爾的《約翰遜傳》，對傳

記文學發生興趣。回國後在大學任教，看到國內傳記文學的落後，決心「做一番斬伐荊棘的工作」。一九三九年以後把精力全部轉移到傳記文學的研究與寫作上。他的努力在時間上正好與梁啟超、胡適相銜接，成為中國現代傳記文學史上第三位最重要的人物。

朱東潤對中西傳記文學傳統都作過系統的研究，形成他自己完整的傳記文學理論，他認為傳記應結合史學與文學的特性而獨立存在。他主張用西方現代傳記方法結合中國史學傳統，注重學術性和文學性。

朱東潤的貢獻還在於他的創作實踐，《張居正大傳》是他第一部也是最重要的一部傳記作品。傳記的內容都有史實依據，他在序中說「我擔保沒有一句憑空想像的話」。但全書用文學筆法寫成，在廣闊的時代背景上刻劃了一個具有獨裁性格而又精明強幹的政治家形象。這是一部波瀾壯闊、氣魄宏大、思想精闢、形象生動的傳記。也可以說是我國第一部接近典型西方傳記風格的現代傳記，具有里程碑的意義。

在中國政治黑暗的時期，朱東潤寫《張居正大傳》是尋找政治理想，吳晗寫《朱元璋傳》則為了政治批判。發思古之幽情，是出於現實之感慨，這是中國史傳文學的傳統。

但真理不能多走一步。傳記作品的寫作應當是單純的學術研究和獨立的文學創作。不應當有意識地服從政治鬥爭的需要。傳記文學如果淪為政治鬥爭的奴僕，就會失去自己獨立的生命價值和藝術價值而變成「速朽」文學。在這一點

上，成功的例子是《張居正大傳》，失敗的例子是《朱元璋傳》。

一九四三年，吳晗只用六十天時間寫出了《朱元璋傳》。作為明史專家，這部書在學術上禁不起推敲，而作為左翼知識分子，這部書是投向反動當局的標槍，一洩他心頭的義憤。朱東潤曾批評這本書「政治味特別濃重，我讀過的第一句話是『這是蔣介石論』」。吳晗後來也承認「由於當時對反動統治蔣介石集團的痛恨，以朱元璋影射蔣介石，雖然一方面不得不肯定歷史上朱元璋應有的地位。另一方面卻又要指桑罵槐，給歷史上較為突出的封建帝王以過分的斥責，不完全切合實際的評價」。

儘管吳晗的義憤是正義的，但他把歷史作這樣簡單的類比和影射，使他的傳記寫作誤入歧途。吳晗畢竟是位嚴謹的學者，他意識到「這些比較嚴重的錯誤」後決意重寫。他最初只用六十天時間寫出一本書，而後三次重寫卻歷時二十年，付出了太大的代價。

當年，比吳晗走得更遠的還有范文瀾的《漢奸劊子手曾國藩的一生》和陳伯達的《竊國大盜袁世凱》。這兩本書都是為政治鬥爭需要而寫的，曾經是官方指定的政治學習讀物。這兩本書在史料取捨和學術評價上的片面性則顯而易見。

吳晗在三十年代曾宣布自己是獨立的學者，但他投入政治鬥爭成為左翼知識分子之後，他的寫作自覺不自覺地為政治所左右。范文瀾和陳伯達作為黨內知識分子更是公開宣稱「為政治服務」。這在革命時期出於階級鬥爭的需要情有可

原，但也留下了「隱患」。

一九四九年革命勝利後，這「隱患」公開化了。

一九四九年革命勝利後，「為政治服務」成為文學包括傳記文學的公開口號和最高原則。從一九四九年到文化大革命前的十七年，有個引人注目的現象是普及性的傳記讀物大量湧現。這些作品並不諱言都為了配合黨和政府推行的愛國主義和共產主義教育，幾乎所有作品都是有關方面組織撰寫，編輯加工的成份很大，有的索性捉刀代筆。這些作品公式化概念化傾向嚴重，文字毫無特色。其中比較成功影響較大的有吳運鐸的《把一切獻給黨》、高玉寶的《高玉寶》、陶承的《我的一家》、朱道南的《在大革命洪流中》、楊植霖的《王若飛在獄中》等。

這些革命人物傳記和革命回憶錄有個共同主題，就是歌頌革命領袖和革命英雄。把毛澤東描繪成「紅太陽」和「大救星」，對於毛澤東的「神化」這個時期已經開始了。而為革命先烈和革命英雄立傳，也普遍存在「理想化」的傾向。他們只有共性沒有個性；只有革命沒有個人；只有事業沒有家庭；七情六慾更是禁區。

即使魯迅也難以倖免。魯迅研究專家王士菁先後出過三個版本的《魯迅傳》，把魯迅越寫越偉大，也越寫越空洞，越改越沒個性，最後成了「偶像」。

在這種氛圍下，即使許廣平寫《魯迅回憶錄》也受到影響。許廣平在「前言」中說：「從這回的寫作來說，使我深

深學到社會主義風格的工作方法。就是個人執筆，集體討論、修改的寫作方法。特別是這本小書，曾得到許多負責同志的熱情關懷和具體幫助，他們非常重視這項工作，親切地指出何者應刪，何者應加，就只恨自己限於水平，以致不能更深切地體會這些指示，使它更符合於人民的要求。」這樣一種「社會主義風格的工作方法」顯然與文學創作規律相去甚遠。然而這種「工作方法」當年貼著「社會主義新生事物」的標籤被普遍推廣普遍採用。這也就是為什麼這個時期的傳記文學數量這麼多而傳世之作這麼少的原因之一。

用這種方法寫作有一個成功的例外，那就是《我的前半生》。雖然這部書是奉命之作，有明顯的宣傳目的和宣傳效用，但因為末代皇帝溥儀的生平太傳奇，而執筆者李文達全身心地投入其中。在溥儀個人口述的基礎上，李文達查閱了大量史料，這部書的寫作是李文達重新構思，耙梳剔抉，獨立完成的。因此，這部書在整體構思和敘述風格上都較成熟，與當時流行的傳記不同，具有個人創作的色彩。

這時期比較有成就的是學術傳記，在當時影響很小，沒沒無聞，甚至不能出版，但卻傳之後世。

北大教授馮至的《杜甫傳》、北大另一位教授鄧廣銘的《辛棄疾傳》和《岳飛傳》，還有朱東潤在這一時期出的《陸游傳》等，這些學術傳記雖然也力圖適應新的政治形勢，但這些作者淵博的知識、周到的考證和精闢的闡述使它們具有了獨立的學術價值。其中尤以出版最早的《杜甫傳》（1951）

最具文學價值。

　　學者陳寅恪在這個時期寫出的《柳如是別傳》是最具分量又獨具一格的傳記巨著。

　　這是陳寅恪在目盲體衰的晚年，以他最後十年最寶貴的時間，嘔心瀝血寫下的八十萬字的巨著。朱東潤曾經不解陳寅恪何以用如此寶貴的精力為一個妓女立傳。其實，陳寅恪開始寫柳如是，也有一種排遣解悶打發時光的意思，但隨著寫作的進展，他完全投入其中。他構建了一個宏大的工程，古老的文言格式並不束縛他自由活潑的思緒，淵博的學識在箋詩證史的考據中如魚得水，在對柳如是的喜怒哀樂作傳神的描述中，可以感受到陳寅恪生命的律動和呼吸的起伏。

　　《柳如是別傳》同一般的傳記和學術傳記都不同，它的主要目的是箋詩證史，主要方法是考證，他幾乎做到傳中無一字無來歷，而傳記的內容涉獵極廣。有學者這樣評價《柳如是別傳》：「說是明清之際的情愛史可也，明清之際的文人生活史可也，明清之際的政治史亦可也，同樣也可以說是一部饒有特色的江南黨社史或抗清紀略；還可以說是明清史料

史或從新角度寫就的南明史；當然更準確而寬泛一點說，應該是用血淚寫成的色調全新的明清文化痛史。」這段話說出了這部書所包含的豐富內涵。

陳寅恪的可貴可敬在他任何時候任何情況下都保持獨立的人格和獨立的思考，這在當代中國知識分子中極其少見。他為王國維立的碑文中所寫的「唯此獨立之精神、自由之思想、歷千萬祀與天壤而日久，共三光而永光」。也是他自己的寫照。他自知晚年傾注全力的著作出版無日，寫作更為自由。他給中國傳記文學史留下這部獨一無二的甚至後人難以企及的巨著，在那個年代只能是個「異數」。

如果說，文化大革命前的十七年已經開始「神化」毛澤東，那麼，到所謂的文化大革命中則變本加厲，登峰造極，全民族投入一個瘋狂的「造神」運動。

人們常說，文化大革命的十年中，八億人民只有八個樣板戲。還可以說，八億人民只有一部傳記，那就是《毛澤東傳》。

「文革」初期，紅衛兵們撰寫的各種版本的《毛澤東傳》小冊子如雨後春筍，發行量之大和傳布之廣可以與「小紅書」《毛主席語錄》媲美。

這時期的《毛澤東傳》雖然版本多得無計其數，但又好像出自一個人的手筆，它們從內容到結構到語言風格出自同樣的模式。這種模式有兩大共同點。

一是把毛澤東描繪成神和聖人。他的誕生是中國人民的

福音，他的出生地是中國革命的聖地，是他締造了黨締造了軍隊，挽救了黨挽救了革命，中國革命的一切功勞都歸於他，一切錯誤都歸於別人。整部傳記只有毛澤東一個英雄人物，其他都是無名無姓的陪襯人或者被批判的反面人物。為了證明毛澤東的英明偉大只能篡改歷史和偽造歷史，如毛澤東參加建黨會議時只是個不顯眼的配角，但卻被描繪成締造了黨；井岡山朱毛會師變成了毛林會師，而林彪當年還只是個排長等等。

二是把世界上所有美好的語言堆砌起來，到了無以復加的肉麻的程度。通篇都是大話、空話、套話和假話。這是那

毛澤東接見紅衛兵

個年代流行的文風，現在讀來像篇低級的宣傳品。

值得反思的是，這樣拙劣的宣傳品並不是一個人的創造，而是整個民族幾乎所有的人都自覺不自覺地參加了創作和傳布，並且長達十年之久。這是我們民族的悲哀。這在中國傳記文學史上是個奇特的時期，是一個空白。

說空白，是說那個年代一場浩劫，沒有留下有價值的東西。

但那只是就官方文學而言。任何時代，除了官方文學還有民間文學。在文化專制的年代，真正有價值的文學還在民間。

其實，歷史不會空白。

在歷史長河中，浮在表面的是泡沫，沉在底下的才是珍珠。但發現珍珠需要時間，還需要條件。

「文革」結束已經二十多年了，到目前為止所能看到的在「文革」中寫作，記錄「文革」中的經歷和史實，可以稱為傳記文學的作品，唯有一部陳白塵的《牛棚日記》。

陳白塵在造反派的嚴密監視下，偷偷地用他人無法認識的符號記了整整七年日記，他這樣做冒著極大的風險，但給這段歷史留下了真實的極其難得的紀錄。

對文化大革命的批判和控訴、回憶和追記，人們已經寫得很多很多。但這些畢竟是事後的評說。因為時過境遷，人們的記憶和敘述往往會與事實真相發生難免的差距。由於主觀客觀原因或這樣那樣的需要，有些回憶和敘述往往有意無意地誇大某些方面或縮小某些方面。更有甚者，有些所謂的傳記和紀實文學把歷史真相攪得模糊不清。因此，當事人的

原始記錄就顯得特別珍貴和極其難覓。

偌大中國，不會只有一位陳白塵。我們已經看到有價值的珍珠正在慢慢浮現。比如廖沫沙的《瓮中雜俎》和邵燕祥的《人生敗筆》。這兩部書還只是傳記的素材或雛形，但有著極珍貴的「文革」史料價值。

還有《彭德懷自述》和《徐懋庸回憶錄》也是「文革」中寫的，但他們不是正常的寫作，而是在有關部門威逼下寫的所謂「罪行交代」。由於他們的真誠坦白和文學修養，這種特殊形態的文字也就質變為通常意義上的傳記作品。

與彭德懷和徐懋庸一樣，有多少著名的政治家、作家、教授、藝術家和不著名的知識分子及普通人在那個年代被迫寫下多少痛苦的「交代」。這種只有那個年代才有的特殊形態的文字還有大量的尚未發掘，也沒有引起應有的重視，如果發掘整理出來，對當代史和現代傳記都將是一筆寶貴的財富。

當傳記文學在大陸徘徊曲折時，在香港、台灣和海外卻出現了一系列重要作品。

中國革命勝利後，國民黨中的大批達官要人紛紛移居美國，其中包括李宗仁、孔祥熙、陳立夫、胡適、顧維鈞等等。哥倫比亞大學具有遠見卓識，擬就了一個「中國口述歷史」計畫，組建了一個研究室，其中就有後來成為著名民國史專家的唐德剛。

經唐德剛之手完成的有著名的《李宗仁回憶錄》和《胡適口述自傳》。還有他和三位學者共同完成的長達六百萬字的

《顧維鈞回憶錄》。

口述歷史方法中國古已有之，司馬遷的《史記》就採用了不少口述歷史的材料。近代著名的口述歷史作品是《李秀成自述》。據說李秀成被捕後，用廣西話口供，曾國藩聽不懂，只好叫李秀成自己寫，於是李秀成一邊講一邊寫，才有了這篇自述。

中國當代最成功的口述歷史作品是溥儀口述李文達執筆的《我的前半生》。李文達所用的方法已接近美國學者列文斯首創的西方口述歷史方法，只是沒用錄音機。

中國傳記文學史上，這樣有目的有計畫地推行口述歷史方法並取得顯著成績，是從唐德剛開始的。以後，大陸才有

劉紹唐

模仿者。

　　說海外傳記文學，不能不說劉紹唐。

　　一九六二年二月初，劉紹唐以北京大學學生身分向老校長胡適請教籌辦《傳記文學》雜誌事宜。當時台灣還處於「戒嚴時期」，連終生倡導傳記文學而又德高望重的胡適都勸他不能貿然，三思而行。

　　半個月後，胡適猝然去世，卻使劉紹唐更堅定地扛下薪傳使命。四個月後，《傳記文學》雜誌創刊。

　　劉紹唐在創刊詞中宣布：「兩千年前，中國萬民以血與汗，一磚一石築造了萬里長城，成為中華民族精神的象徵！兩千年後，傳記文學以累積的記錄，揭開歷史秘幕、打破歷史禁忌、保存歷史真相，一字一句築造了民國史的萬里長城！」

　　以「築造民國史長城」為職志的《傳記文學》是以民間野史來向台灣官方權威挑戰的，在當年冒著很大的風險，隨時遊走於法律邊緣，觸犯禁忌即面臨抄家坐牢的命運，但劉紹唐不改初衷。

　　沒多久，《傳記文學》即闖出「民國史寶庫」的名號。台灣史學界人士這樣高度評價它：「在官定和野史兩抉擇時，文史界寧可相信《傳記文學》。」

　　《傳記文學》中最有價值的是一些長篇自傳和回憶錄，如《顧維鈞回憶錄》、《胡適口述自傳》、《陳布雷回憶錄》、王雲五的《談往事》、沈亦雲的《亦雲回憶》、楊步偉的《一個

女人的自傳》、《雜記趙家》,趙元任的《早年回憶》、王映霞的《自傳》、唐德剛的《胡適雜憶》等等。海外幾乎所有重要的自傳和回憶錄都首先在《傳記文學》發表或連載,並收入「傳記文學叢書」。三十多年來,《傳記文學》幾乎對所有中國現代政治、經濟、軍事、文化、科技、教育各界的著名人士都有記錄,發掘和搶救了許多寶貴的史料。

《傳記文學》雜誌在沒有廣告,僅靠讀者的狀態下三十多年維持不輟,在商業化的台灣被視為「奇蹟」。

唐德剛曾盛讚劉紹唐是「中國史學界兩千年來私修國史的傳統下,當代最有成績的接班人」,這讚譽並不過分。

中國傳記文學再度走向高潮是在一九七九年以後。

正如本世紀第一次思想解放運動——五四新文化運動為傳記文學三四十年代的高潮做了準備一樣,文化大革命結束之後的第二次思想解放運動催生了近百年傳記文學的第二次高潮。經過七八十年的孕育和積累、挫折和反覆、思考和等待,傳記文學積蓄已久的能量一朝釋放,噴薄而出,在內容與形式、深度與廣度各個方面都顯示了前所未有的蓬勃之勢。

這時期傳記文學思考和發掘的題材和視野之廣是空前的。古今中外上下五千年的歷史名人幾乎都有一本或幾本傳記,過去不為人注意或有爭議人物的傳記,過去已有定論的功臣或罪人的翻案文章層出不窮,尤其是對近百年歷史的重新思考和重新描述達到的深度也是過去無法比擬的。

傳記文學的作者已從著名的文學家、歷史學家擴大到政

界、經濟界、社會各界的知名人士，文藝娛樂體育行業的明星，乃至普通的知識青年。明星自傳的熱銷打破了傳記文學的崇高感和神秘感，幾乎使每一個具有閱讀能力的人，有意識或無意識地躋身於傳記文學的創作者、接受者和傳播者之列。傳記文學作品的發行量之大為純文學作品望塵莫及，甚至壓倒了暢銷小說，成為當代文學家的寵兒。

傳記文學進入了一個大眾化的新時期。

這一時期傳記中最有價值的還是作家們寫的自傳和回憶錄。

一九四九年後，每一次政治運動中，知識分子特別是作家總是首當其衝。「文革」結束後他們得到平反，一些倖存者開始撰寫回憶錄。而思想解放運動中作家們是最熱烈的響應者、參加者和鼓吹者。正是理論界、新聞界和文學界的聯手推動，思想解放運動才出現如此波瀾壯闊、生動活潑的氣象。

思想解放和衝破禁區使作家們真正放開了手中的筆，把反思的觸角伸入過去無法觸及的領域，或者披露歷史真相，或者作出歷史評價。

開風氣之先的是茅盾的《我走過的道路》。由於他在「文革」中已開始醞釀，寫得比較早，所以還有種種顧忌，但還是提供了極其重要的現代文化史資料。

丁玲關於瞿秋白的回憶是她晚年最重要的文字，還沒有人像她這樣深刻細膩而又生動地描繪過瞿秋白。如果丁玲晚年不去續寫她的長篇小說而是寫完她的回憶錄，她晚年的寫作會有意義得多。

胡風和丁玲

　　胡風出獄後，有關方面於一九八〇年、一九八五年和一九八八年三次為他重新平反，可見他問題的複雜和平反的艱難。他晚年寫的回憶錄涉及許多敏感的問題。可惜他受到的摧殘太重，身體太差，晚年寫出的只是極小的一部分。所幸他的夫人梅志在他去世之後，以堅強的毅力寫出了可歌可泣的《胡風傳》。

　　夏衍的《懶尋舊夢錄》回憶了自己的前半生，重點在三十年代左翼陣營內部的論爭。這椿歷史公案在「文革」中被江青定罪為「三十年代文藝黑線」，夏衍因此被投入秦城監獄。

　　韋君宜在半身不遂之後寫出的名為小說實為自傳的作品《露沙的路》，把筆觸伸到了延安時期。與在她之前發表的幾篇關於王實味的傳記一樣描述了延安這段歷史中過去不為人

知的側面，試圖探索某些歷史現象的前因後果。

學術傳記中有兩部最值得注意：一部是馮友蘭的《三松堂自序》，一部是陸鍵東的《陳寅恪的最後二十年》。

馮友蘭的《三松堂自序》對他在一九四九年以後包括「文革」中的心路歷程和學術道路作了剖白，是一部很重要的思想史資料，至今在學術界有不同意見的討論。

陸鍵東的《陳寅恪的最後二十年》記述了中國現代最重要的學者的最重要的二十年生活，而近五十年來人們竟然對他一無所知。這部書以材料的豐富、思想的深刻和治學的嚴謹震撼讀書界。

這一時期學術傳記的各種體裁都有幾部佳作可讀：學術評傳有北京大學教授陳貽焮的《杜甫評傳》，三卷一百餘萬字，是中國有史以來最長的學術評傳。它「脫胎於詩話而取意於章回」，在寫作上頗有特色。

年譜有復旦大學教授章培恒的《洪升年譜》和丁文江、趙豐田的《梁啟超年譜長編》，後者是在完成五十年後才首次印行。

日記中有思想解放先驅者顧準的《顧準日記》和學者吳宓的多卷本《吳宓日記》，這兩部重要的思想文化史資料都是在近年才整理出來的。顧準的文字開始發表時還困難重重，先海外後大陸，但思想的傳播是無法阻擋的。

領袖傳是這一時期傳記文學的一個熱點。思想解放運動

以後，歷史的重重帷幕漸漸拉開，中共黨史上的許多重要事件開始重新評價，一些人頭上的神聖光環開始消失，一些「牛鬼蛇神」開始恢復本來面目。人們要求了解自己崇敬的領袖人物的真實面貌，實際上也是了解自己走過的這段歷史的真實面貌的強烈願望，是領袖傳熱的真正背景。

認識一個真實的毛澤東幾乎是全民族的願望。在八十年代中後期的毛澤東熱中，已經出版了幾十種有關毛澤東的傳記、評傳、回憶錄和資料集。這些作品在毛澤東走下神壇成為一個普通人方面前進了一步，但顯然沒有一位大手筆表現出中國這段歷史的豐富性和複雜性，表現出毛澤東性格的豐富性和複雜性。甚至可以說，還沒有一部作品超過三十年代後期美國記者埃德加‧斯諾所寫的《西行漫記》。

周恩來

鄧小平

據說，「文革」初，旅美學者許芥昱教授訪問周恩來時，表示想寫一部《周恩來傳》。周恩來拒絕說：「我們共產黨人只有黨的傳記，從不強調個人的傳記。」好像周恩來對韓素音也說過類似的話。在當時特殊年代，根據周恩來的性格，這樣回答是完全可能的，而且，也多少透露了一點周恩來對個人傳記的看法。到周恩來誕生百年紀念日之前，也已經出版了大量關於周恩來的傳記、評傳和回憶錄，除了一些比較精彩感人的片斷和短篇回憶，幾乎還沒有一部傳記表現出周恩來性格和內心世界的豐富性和複雜性。

在鄧小平生前身後已出版了多種傳記，尤其以毛毛的《我的父親鄧小平》最有影響。毛毛雖以女兒身分來寫父親，但這部書基本上還是「官傳」，可能因為上卷所寫的事件作者因為年齡關係還沒有感性認識。人們期待著毛毛的下卷寫出一個活生生的鄧小平。

幾乎所有共和國元帥和老將軍們，幾乎所有老一輩革命家，都有回憶錄或者傳記。而這些回憶錄或傳記都由寫作小組來完成，因此，幾乎沒有個性色彩和個性語言。這樣的寫作方式有種種條件的限制，難以產生傳世之作。

　　在所有這些回憶錄中，唯一的例外是《彭德懷自述》。彭德懷沒有寫作小組為他代筆，而是在人身失去自由的特殊情況下一筆一劃自己寫下來的。也唯有《彭德懷自述》沒有絲毫的矯飾，而是作了深刻的自我剖析。這部自述真實的力量與凜然正氣震撼人心。

　　把傳記文學推向最廣大的讀者，並在他們中間引起交流和共鳴，在八十年代是領袖傳記，在九十年代則是明星傳記。

　　明星傳記開風氣之先的是劉曉慶。還在一九八五年，她在《文匯月刊》上發表的《我的路》引起軒然大波。劉曉慶受到了來自兩方面的壓力。一方面是當時的「理論權威」，批判她「宣揚個人主義，自我奮鬥」，要有關黨組織教育幫助她。另一方面是當時的文化界和一部分讀者對一位三十出頭的女明星寫自傳頗為非議。

　　中國歷來有「蓋棺論定」的傳統，過去寫自傳的大多也是著名的政治家和文學家，而且似乎要到功成名就的晚年才開始回顧一生。其實，仔細想想，三十年代，巴金、郁達夫、沈從文、謝冰瑩、顧頡剛和胡適等人寫自傳時也是剛才出人頭地的年輕人。巴金、郁達夫、沈從文和謝冰瑩寫自傳時不到三十歲或剛過三十歲，比劉曉慶還年輕；顧頡剛寫學

術自傳時才三十三歲；胡適名望最大也年齡最大，不過四十歲，現在論資排輩還屬於「青年幹部」。正因為打破定規，三十年代才有了蓬勃的生機。

劉曉慶寫《我的路》是需要足夠勇氣的。儘管這部自傳寫得還很粗糙和稚嫩，但她的出現打破了自傳屬於政治家和文學家專利的觀念，開創了為當代人和普通人立傳的先例。

十年後，明星傳記已蔚成風氣。大多數小有名氣的電影明星、體育明星和電視節目主持人都已經出了書或將要出書，這些書的發行量動輒幾十萬，遠遠超過作家傳記和純文學書籍。但不過兩三年便已到了氾濫成災，每下愈況的地步。

與明星傳記相映成趣的是大量的企業家傳記。與明星傳記不同的是企業家傳記是企業家出錢雇人捉刀，這些傳記的印數很少，讀者更少。但他們還是不斷地大批地「製造」出來。

各行各業各色人等都可以寫傳記出傳記，這是一個傳記大眾化的時代。

這是時代的進步。但進步的代價是傳記失去了文學。

其實，傳記文學是應當描寫普通人的。

一位真正偉大的傳記作家並不只是使歷史名人留傳下去，而是要讓那些名不見經傳的人物獲得不朽的歷史生命。就像達‧芬奇畫筆下的蒙娜麗莎，這位平凡的女性比任何一位帝王將相更具不朽的歷史生命。

為普通人立傳必須要有大手筆，就像畫蒙娜麗莎必須達‧芬奇。

時代呼喚大手筆。時代需要大作品。

大手筆和大作品不是自封的，不是培養的，也不是某種工程可以「製造」的。他只能自然天成。

一個大手筆的出現會有許多偶然性，但一批大手筆的出現一定有必然性，那就是有適合他們生成的氣氛和土壤。

大手筆需要大時代。

（題照為孔子古圖）

現代傳記的開山者

在中國新舊傳記文學交替過渡時期，

作出開創性努力，

貢獻最大的是梁啟超。

在中國新舊傳記文學交替過渡時期，作出開創性努力，貢獻最大的是梁啟超。

梁啟超，廣東新會人，戊戌維新的主要領導人之一，與其師康有為並稱康梁。變法失敗後，流亡日本，明治文化的刺激使他「思想為之一變」，漸有與康有為分離的傾向。但作為政治家，他還是失敗的，他的靜友周善培總結道：「任公有極熱烈的政治思想、極縱橫的政治理論，卻沒有一點政治辦法，尤其沒有政治家的魄力。」因此，他的弟子說他「純粹一學者」。作為學者的梁啟超則雄居於二十世紀初的思想文化界。一九二二年，胡適作《誰是中國今日的十二個大人物》，便將梁啟超列入「影響近二十年的全國青年思想的人」。

梁啟超的文化活動領域極為廣泛，涉及文、史、哲、詩、書、畫，又辦報、辦刊、辦學。傳記文學是他極力提倡和努力實踐的一個方面。近代文學中，他是提倡傳記文學的第一人。他用以作為宣傳新思想的重要工具，因而他的傳記作品的社會政治價值超過作品本身作為傳記的文學價值。

梁啟超傳記作品很多，大體可分四類。第一類是歐洲歷史人物傳記，第二類是中國歷史人物傳記，第三類是中國當代人物傳記，第四類是採用中國傳統的年譜、墓誌、壽辭、祭文等形式寫成的人物小傳。

梁啟超的長篇傳記作品有兩部：《李鴻章》（1898）與

《王荊公》（1908），這是他著力最多也是最重要的兩部傳記作品。

　　梁啟超說過他寫作《李鴻章》的主旨：「此書全仿西人傳記之體，載述李鴻章一生行事，而加以論斷，使後之談者，知其為人」；「中國舊文體，凡記載一人事蹟者，或以傳、或以年譜、或以行傳，類皆記事，不下論讚，其有之則附於篇末耳。然其夾敘夾議，實則創自太史公，《史記・伯夷列傳、屈原列傳、貨殖列傳》等篇皆是也。後人短於史識，不敢學之耳。著者不敏，竊附斯義」；「四十年來，中國大事，凡無一不於李鴻章有關係。故為李鴻章作傳，不可不作近代史之筆力行之。著者於時局稍有所見，不敢隱諱，意不在古人，在來者也。」

　　這是梁啟超寫《李鴻章傳》的基本原則，事實上也是梁啟超對傳記文學的基本主張：一方面運用西方學術眼光和西方傳記的自由形式，一方面又繼承中國古典傳記的傳統，對傳統的傳記形式作了變革與改造　。可以說，從近代傳記向現代傳記的轉型自他開始。

　　梁啟超的成功還由於他獨特的文風。他東渡日本後創造的「新文體」，世稱「新民體」，因為他這時期的文章都在他主編的《新民叢報》上發表。對這種「新民體」散文的特色，他自己也這樣概括：「平易暢達，時雜以俚語韻語及外國語法，縱筆所至不檢束」，「條理明晰，筆鋒常帶感情」，因此對當時嚮往新思想新知識的知識分子「別有一種魔力」。當年詩壇鉅子黃遵憲曾極力推崇梁啟超的「新民體」文字：「《清議報》勝《時務報》遠矣。今之《新民叢報》又勝《清

議報》百倍矣。驚心動魄，一字千金。人人筆下所無，卻為人人意中所有。雖鐵石人亦應感動。從古至今文字功之大，無過於此者矣。」「新民體」成為十九世紀末二十世紀初模仿者最多的廣為流行的文體，可見梁啟超當年思想和文風的影響力。

五四文學革命後，白話文成為社會通行的文體，隨時進步的梁啟超也拋棄「新民體」而改用白話文。一九二〇年出版的《歐遊心影錄》即是用相當漂亮流暢的白話文寫成的。

容閎是第一代留學西方的知識分子，

為了把西方現代文明

傳播於中國，

使中國現代化而努力奮鬥了一生。

學東漸第一人

在近代中國「西學東漸」的歷史中，容閎的地位和作用是公認的。

容閎生於距澳門四英里的南屏鄉，澳門是西人最早在中國辦學的地方。容閎七歲進馬禮遜的學校。他不致因家貧輟學，以及後來能去美國深造，主要得之於美國教師勃郎的幫助。他一八四七年赴美留學，七年後畢業於耶魯大學。自稱「以中國人畢業於美國第一等之大學，實自予始」。他生活上過於歐化，喜穿洋服，娶過洋婦，入過美國籍，遭人非議。但他的資產階級民主政治見解比較成熟，高出康、梁一籌。容閎畢生努力始終圍繞一個中心，這個中心就是「西學東漸」，「以西方之學術灌輸於中國，使中國日趨於文明富強之境」。使西方現代文明傳播於中國，使中國變成西方那樣的現代國家。他曾寫道：「我的愛國熱情和對同胞的熱愛卻不曾衰減；正好相反，這些都由於同情心而更加強了。因此……我苦心孤詣地完成派遣留學生的計畫，還是我對中國永恆熱愛的表現，也是我認為改革和復興中國最為切實可行的辦法。」可那時國家的決策者並不認為容閎的計畫切實可行。他從海外歸來，雄心勃勃，有諸多報國計畫，結果卻是處處碰壁。

一八六〇年，他到太平天國的中心南京進行實地考察，會晤過他的舊識太平天國幹王洪仁軒，希望通過太平軍「為中國謀福利」。他向洪仁軒陳述過七條建議，如建立正當之軍

事制度，設立武備學校、實業學校，創辦銀行等，自然沒有結果。他便轉而找到曾國藩，希望通過曾之手實現他「西學東漸」的計畫。結果辦成了兩件「洋務運動」中的大事：第一件是在中國建成了第一座完善的機器廠──江南製造局；第二件是四批一百二十多名幼童官費留學生赴美，原定十五年學成回國。但中途這些學生全部被撤回，因為舊官僚向清廷告狀，謂學生有「西化」之嫌，容閎的計畫中途夭折。儘管如此，這些學生中後來仍出了一些優秀人物，如修建了京張鐵路的詹天佑、在甲午海戰中表現英勇的吳應科、在清末當了外務部尚書的梁敦彥、民國初年曾任國務總理的唐紹儀等。

教育計畫的失敗使容閎走上和康有為、梁啟超一道謀求變法維新的道路。他在北京的寓所成為維新派領袖們聚會的場所。戊戌變法失敗，他逃出北京，到上海參加唐才常組織的「自立會」，被推為會長。自立軍起義失敗，清政府指名通緝，他又逃亡香港、台灣，最後被迫再度赴美，流亡中他仍密切關注國內的急劇變化，此時，他已撇開維新派，傾向孫中山。辛亥前夕，他曾邀請孫中山赴美商談革命大計。武昌起義成功，他患中風病倒，無法回國，勉力寫了一封賀信。

一九一二年四月二十日，容閎病逝於美國康州哈特福德城。就在這一天，他剛收到孫中山大總統寄贈給他的一張照片。而他的兒子容覲槐正在中國接受孫中山和黃興的委任，並被授予少將軍銜。

一九○九年，容閎在流亡中用英文寫成的回憶錄《我在

中國和美國的生活》，這部自傳總結了他六十多年的經歷，反映了我國第一代留學西方的知識分子為了西方現代文明傳播於中國，使中國現代化而努力奮鬥的一生。

一九一五年，惲鐵樵和徐鳳石把這部回憶錄譯成中文，交商務印書館出版時，改書名為《西學東漸記》。這個書名雖不符合於原文，卻忠實於原書的主旨，八十年來已深入人心。

重 評盛宣懷

歷史的相似和重複之處會給文學家靈感，

給歷史學家激情，

給政治家智慧，

給老百姓的則是一面借鑒的鏡子。

版本目錄學專家顧廷龍和學者王元化南北呼應，在傳媒上呼籲儘快開發盛宣懷檔案。學術界人士包括中國社會科學院院長胡繩紛紛發表談話以示支持。籌備兩年的盛宣懷研究會宣布成立，並宣稱首要任務是修訂《盛宣懷傳》。逝世八十年的盛宣懷一時成為大陸文化界的熱門話題。

開發盛宣懷檔案是顧廷龍老人的宿願。這次舊事重提因為欣逢上海圖書館新館開館，全部庫藏大遷移。「盛檔」有百箱之多，其中八十來只木箱，二十來只柳條箱，原本保存於盛氏祠堂，後轉至顧廷龍任館長的合眾圖書館，最後存入上海圖書館。因年代久遠，紙質發黃變脆，如再不加緊整理，很難完整保存，甚至可能散失。如文化大革命中，檔案中的「大龍」郵票等散頁掉在地上，沒有文化的「工宣隊員」用掃帚掃進畚箕，幸虧顧老撞見，才重新歸檔。

「盛檔」是研究中國近代史和上海近代史極其珍貴的史料。現代史學家稱盛宣懷為在「非常之世」作了「非常之事」的「非常之人」，而近來更是尊稱他為「中國實業之父」。他於一九一六年四月二十七日在上海斜橋公館病故，終年七十二歲。當年出殯的儀仗隊長達數公里，沿途圍觀者人山人海，可謂哀榮備至。

盛宣懷秀才出身，一八七〇年入李鴻章幕府，一八七二年參與創辦中國第一家輪船航運企業——輪船招商局；一八八〇年創辦中國第一家電信企業——津滬電報總局；一八八

六年創辦中國第一家內河小火輪航運公司；一八九五年創辦中國第一所工科大學——天津北洋大學；一八九六年創辦中國第一所正規師範學校——南洋大學；一八九七年創辦中國第一家近代銀行——中國通商銀行；一九〇八年，合併漢陽鐵廠、大冶鐵礦和萍鄉煤礦成立中國第一家真正稱得上的鋼鐵聯合企業——漢冶萍煤鐵廠礦公司。除此之外，他在政治、軍事、外交、文化、教育諸方面都有重大建樹，而這些「中國第一」已可見他在近代史上舉足輕重的地位，尤其是研究中國現代化史不可不研究盛宣懷。

盛宣懷特別重視檔案，每一份文件都親自反覆推敲，認真筆削，「精細為群僚之冠」。現存的檔案分奏稿、殿稿、供牘、函札、條陳、說帖、條約、合約、告示、傳單、會議錄、賬冊、家信、日記等等。就檔案的豐富和完整，中國近現代重要人物無人可出其右。現在組織人力物力整理開發「盛檔」，沒有十年八年的工夫是難以見效的。

談到開發「盛檔」，不能不提到一件往事。「文革」後期，「四人幫」批判洋奴哲學，上海寫作組的「秀才」想把盛宣懷作為大批判的靶子，組織一班人馬開進上海圖書館，企圖整理這批檔案。當時是為了批判而不是做學問，但面對這一百箱發黃的故紙堆結果知難而退了。

近年來大陸文化界（從小說、電影、電視、戲劇到學術研究）對晚清歷史和人物表現了空前的熱情，從過去的全面否定到現在的翻案文章，描繪的幾乎是兩部歷史。這種歷史的興趣其實是對現實的關懷。因為晚清也是中國歷史一個

「改革」（變法）和「開放」（門戶開放）的時代，一個承前啟後的時代。歷史的相似和重複之處會給文學家靈感，給歷史學家激情，給政治家智慧，給老百姓的則是一面借鑒的鏡子。

他精通西學，卻固守傳統，

他眼界開闊，卻思想守舊，

他滿腹經綸，卻落落寡合。

華帝國的最後一根辮子

在近代中國大概沒有一位學者如辜鴻銘這樣複雜怪誕，這樣看起來自相矛盾，這樣為世人所誤解、為時代所不容，他是以喜劇臉譜出現的悲劇角色，人稱「中華帝國的最後一根辮子」。

他精通西學，卻固守傳統；他眼界開闊，卻思想守舊；他既反對軍閥，又反對革命；他滿腔熱血，卻一副冷臉；他滿腹經綸，卻落落寡合；他處處維護國家尊嚴，卻常常遭國人嘲諷；眾人熱心洋務，他偏講儒學；眾人呼喚民主，他偏擁護專制；眾人主張婦女解放，他偏贊成納妾纏足；眾人長衫辮子，他西裝革履；到眾人西裝革履，他又長衫辮子以遺老自居。他在國內飽受冷眼，在國外卻名聲遠揚，以致有人說「到中國可以不看紫禁城，不可不看辜鴻銘」。

辜鴻銘祖籍福建同安，名湯生，以字行世，自號漢濱讀易者，一八五七年七月十九日生於英屬馬來亞檳榔嶼的一個華僑之家，十一歲隨義父英國人布朗到英國留學，先後在英、德、法留學十一年，獲得文、理、工、哲十三個博士學位，能操九種語言。在巴黎大學一位老教授處第一次接觸到《易經》，深為吸引，這成了他號稱漢濱讀易者、讀易老人的最初原因，也是他日後英譯儒家經典的最初動因。一八七八年返回檳榔嶼，奉派新加坡工作。一八八一年，與途經新加坡回國的改良派人士馬建忠相會，得聞中國文化。在馬建忠勸說下，辭去殖民政府職務，閉門攻讀中國典籍。一八八四

年歸國入張之洞幕府，任張氏洋文案，兼管稅務及督辦行政等事。

　　他做了二十年幕僚，幾年外交官，不過是個小人物，名聲不出張之洞幕府。即使後來他拖著長辮子站在北大講壇上講授英文詩，在國人眼裡，他的名聲多半來自怪癖。他的怪名多半由於他的狂態，他嗜小腳，娶小姿，逛妓院，穿長袍，留長辮，戴瓜皮小帽以及他的罵人罵世，他用洋文罵洋人，用中文罵國人，從慈禧太后、袁世凱、各省督撫到報紙主筆、上海妓女一路罵過來。

　　其實，當年真正了解辜鴻銘的人太少了，國人幾乎不知道他說了些什麼，他的著作用中文寫作的只有《張文襄幕府紀聞》和《讀易堂文集》兩種，而他所有的重要著作都用英文寫作和發表。人們只是看到他接受的是一套完全歐洲式的教育，應該是一個眼界開闊贊成歐化的人物，然而，他卻堅決地反對歐化，不僅反對變法維新，甚至反對洋務運動。這是一個不可思議的奇怪現象，只是到了近幾年，知識界有一股辜鴻銘熱，把老先生的英文著作全部翻譯成中文，但晚了一百年。

　　我一直納悶，像辜鴻銘這樣生在國外、學在歐洲，知識淵博、絕頂聰明的人怎麼會成為極端的保皇派。同時代留學者已經不少，沒有一個像辜鴻銘這樣極端的。我看到一篇文章解釋說，正因為他生在國外、學在歐洲，對中國傳統文化特別是北京上流社會所知不多，「像他這樣一個抱了認祖歸宗的願望回來的遊子，若不被北京偉大的帝王氣象征服，反

倒不自然了。北京的皇城可能會散發出使人心甘情願地臣服的魔力。所以他才斷定中國人精神中最可寶貴的是忠君。而同樣的意思，在魯迅那裡被界定為奴性。看來奴性也好，忠君也好，其為普遍心理，大概是不錯的。」（單正平《且說辜鴻銘》）他是從根植於中國傳統文化的一種心理情結來解釋，有一定道理。只要這種傳統文化沒有得到根本改造，這種情結就不會消解。普通人是這樣，大知識分子也不例外。

　　但是，要認識辜鴻銘這個人物的特殊性不能局限於中國近代社會，還應該同時把他放在西方文化背景下來研究，才能真正認識他。他在歐洲學習時，正趕上西歐批判的浪潮，他的老師卡萊爾批判的激情啟發了他，使他深信中國古老文明正是解救西方世界的良方，而他正是向西方人宣揚東方文明的當之無愧的傳播者。他是以一種救世主的姿態批判西方，以預言家的口氣為西方人描繪一個美好的理想社會，使西方人把他推崇為「聖哲」。其實，他是把東方文明的精華和餘渣一古腦兒當作補藥端給西方人的。

　　但是，如果沒有兆文鈞先生這篇《辜鴻銘自述》的記錄文字，誰也不會料到這位古怪的老先生會在光緒庚子年八國聯軍侵入北京時，竟然參與了中外當局的折衝交涉，並在其中起了非同小可的作用。儘管據當代史家考據，此文有些史實和細節不一定屬實，且有不少誇飾渲染之處。但兆文鈞先生在北京大學任教，又隨辜鴻銘六七年，這是事實，有梁漱溟先生為證。梁漱溟先生讀到此文後曾寫「讀後記」，稱「正好作者住在辜老家中，朝夕見面得以閒談也。作者有他的幸

運，我今得讀此文稿，自覺亦是幸運！」在沒有更有力的反駁證據之前，我們還是應該相信這篇自述的基本事實。

上海近代史上一個傳奇人物

他以自述記錄清末

上海中西文化交匯的歷史過程，

了解上海近代史不可不讀這部自傳。

李平書是近代上海聞人，他晚年的自述《且頑七十自敘》記錄了清末上海中西文化交匯的歷史過程，是了解上海近代史不可多得的重要著作。

李平書的一生是傳奇的。他原名安曾，字平書，六十歲後別號且頑，祖籍蘇州，高祖於十八世紀六七十年代遷居上海。

他十四歲喪父，進花行、豆麥行當學徒。十六歲在伯父幫助下入私塾讀書。一八七三年考入龍門書院，後以優貢入仕。上海得風氣之先，西學盛行，他廣泛閱讀，開闊了眼界，接受了西方資產階級民主政治思想，使他能夠從清王朝的一個地方官吏轉化為維新改良運動的主將。

一八九三至一八九九年間，他先後署廣東陸豐、新寧、遂溪等縣知縣缺。他在任內推行辦學、杜絕械鬥、嚴禁賭娼等社會改良措施。尤其值得稱道的是他在遂溪任內支持民眾反對法國殖民者侵占廣州灣的鬥爭，他竟被革職，但也因此深得民眾尊敬，成了他步入人生光輝年華的起點。

他的政績與才幹引起一些力圖自強的洋務大臣對他的賞識。一九○○年，張之洞召他入幕，任命他為陸軍武備學堂提調，先後兩年成績斐然。後又就任江南機器製造局提調，兼任中國通商銀行總董、輪船招商局董事等職。一九○三至一九一一年間，在上海主持一系列社會改良活動，如創立醫學會、籌辦中西女子醫學堂、南市上海醫院，開辦華成保險公司、昆新墾牧公司，投資華興麵粉廠等近代工業，竭力扶

植民族工商業，從而成為近代上海維新活動中的一員主將。
一九〇五年，他擔任上海城廂內外總工程局總董，積極致力
於上海地方自治活動。

　　一九一一年，他經沈縵雲介紹結識同盟會東南支部負責
人陳英士後，便站到資產階級革命派一邊。武昌起義後，他
參與了上海起義的籌劃組織工作。十一月三日舉義，陳英士
率部進攻製造局被拘，他聞訊赴局營救。上海光復，他出任
滬軍都督府民政總長。他對辛亥上海舉義過程的回憶是這本
自述中最重要最有價值的部分之一。

　　他參加反對袁世凱稱帝的二次革命，失敗後被迫流亡日
本，一九一六年才返回上海，繼續不斷地對封建軍閥專制統
治進行抗爭。以後年事已高，活動漸趨消沉。

　　李平書早年曾任職《字林西報》，日著時論一篇，有很好
的文字功底。但這部自敘的價值主要不在文學性，而在史料
性。他以編年紀事，詳述自己的一生，同時記錄了他所經歷
的重大事件，他所交往的重要人物，他耳聞目睹的種種掌故
軼事，娓娓道來，生動有趣。

　　研究上海近代史不可不讀這部自傳。

這位秋瑾最親密最忠實的
同志和朋友果然如她的心願和諾言，
在秋社停止了最後的呼吸。

從舊式女子到革命志士

徐自華，著名南社詩人，原是一名舊式女子，受秋瑾影響走上革命道路，終生致力於弘揚秋瑾的精神與理想。

徐自華字寄塵，號懺慧，浙江石門（今桐鄉縣）人，曾任湖州潯溪女學校長。一九○六年，秋瑾從日本回國後到潯溪女校任教時，徐自華還是因丈夫早亡而哀怨命運的舊式婦女。在秋瑾影響下，毅然與干涉她自由的婆家斷絕關係，參加同盟會和光復會，成為秋瑾最親密的朋友，給秋瑾的革命活動以很大支持。

秋瑾籌辦《中國女報》，經費困難，徐自華姊妹勉力捐助了一千五百多元，才湊齊了必要的資金。秋瑾和徐錫麟計畫起義，缺少添置軍火和糧餉的經費，徐自華把自己的全部私蓄和陪嫁衣服首飾等值錢的東西一概贈給秋瑾。秋瑾感動地脫下自己結婚以來一直戴在手上的一對雙龍翡翠鐲子交給徐自華，作為永久的紀念。這次悲壯的會面竟是她們的永訣。

秋瑾就義後，遺體由善堂草草成殮，丟在亂墳山裡。徐自華幾次冒死要去收埋，均為同志苦苦勸住。熬到冬天一個大風雪的夜晚，徐自華和陳去病等同志冒險把遺體搬到杭州，由徐自華買下西泠橋畔的一塊墓地安葬，實現了烈士生前與徐自華約定的葬身西湖的遺願。墓成後，徐自華撰墓表，秋瑾生前另一好友、書法家吳芝瑛書寫，金石家胡菊齡石刻，這作品當時稱為「三傑」。

徐自華和陳去病等人發起組織「秋社」紀念烈士。徐自

華就住在秋墓旁邊的秋祠裡，主持秋社，搜集整理秋瑾遺作、遺物，以繼承秋瑾遺志。她許下終老在這個崗位上的諾言。

第二年，孫中山先生到杭州，親自去看望她，鼓勵她到上海去工作。她到上海創辦了紀念秋瑾的競雄女校，作了十六年校長，後來把校務移交給秋瑾的女兒，仍又回到秋祠住下，重新全力負責秋社工作。一九三五年，這位秋瑾最親密、最忠實的同志和朋友果然如她的心願和諾言，在秋社停止了最後的呼吸。同志們將她安葬在秋墓對面的西泠橋堍。

秋瑾殉難後，生前好友陶成章、陳去病、吳芝瑛等都為她寫過傳，徐自華的這篇「墓表」是代表作。墓表是中國古典傳記中常見的形式，大多是歌功頌德的官樣文章。徐自華這篇墓表完全不同，一掃過去的陳腐，滿含摯友的深情，敘事中見烈士性格，言詞間令人迴腸盪氣。但畢竟篇幅所限，無法鋪陳。徐自華同年在《小說林》雜誌發表的《秋瑾軼事》，用筆記的形式細緻生動地刻畫了秋瑾的行為性格，嬉笑怒罵，呼之欲出，是這篇墓表絕好的補充。

由

激揚歸寧靜

早年參加革命，中年轉向學問，

晚年更趨寧靜，豈止章太炎，

許多知識分子都有類似的經歷。

章炳麟，字枚叔，因仰慕顧炎武改名絳，別號太炎。浙江餘杭人。

　　章太炎早年從俞樾學，治聲韻訓詁及古文經學。光緒二十一年（1895）在民族矛盾全面危機的刺激下，走出書齋，參加維新變法。戊戌政變後，避居日本，結識孫中山。一九〇二年，再往日本時，在東京發起支那亡國二四二周年紀念會，與蔡元培組織中國教育會，以推翻清政府為職志。

　　一九〇三年，章太炎發表著名的《駁康有為論革命書》，並為風靡一時的鄒容《革命軍》作序，因此觸怒清廷。蔡元培等人離滬躲避，唯有章太炎不肯避開：「革命沒有不流血的，我被清廷查拿，現在已經第七次了。」巡捕來搜查，他挺身而出。鄒容乘亂從後門走脫，太炎寫一字條給鄒容，要他不必躲避，勇於以自己的犧牲喚起後來者。於是，鄒容慨然赴獄。太炎於獄中贈詩給鄒容：「鄒容吾小弟，被髮下瀛洲，快剪刀除辮，乾牛肉作糇，英雄一入獄，天地亦悲秋，臨命須摻手，乾坤祇兩頭。」頗有譚嗣同引刀流血的氣概。

　　出獄後，章太炎東渡日本，主持同盟會機關報《民報》。辛亥革命後回國任孫中山總統樞密顧問。他反對袁世凱的帝制，不受利誘，不懼威脅，為人欽敬。晚年定居蘇州，設立章氏國學講學會，專心於講學與著書，由激揚而歸於平靜。他一生的輝煌時期是民國成立前後的二三十年。因此，也有人說他是新舊兩個時代之間的過渡者。

曾師從於他的魯迅在《關於太炎先生二三事》中對他作過公允的評價：「考其生平，以大勛章作扇墜，臨總統之門，大詬袁世凱之包藏禍心者，並世無第二人；七被追捕，三入牢獄，而革命之志不屈撓者，並世亦無第二人。這才是先哲的精神，後生的楷模」，「戰鬥的文章乃是先生一生中最大、最久的業績」。

　　談章太炎都會談他的狂。他推重俠者古風，特立獨行，不囿俗流。他從不怕冒犯權貴，也容易得罪朋友，甚至遭老師痛斥仍執意獨行。他寫有《謝本師》一文，表現了「吾愛吾師吾尤愛真理」的精神。當年有「章瘋子」之說，可見他的狂不為世俗所容。他的狂有傳統文人性格中狂狷的成分，也有他個人性格氣質上怪僻的成分。但他真誠直率，不虛偽矯情，便使他怪而不怪。也是他學生的周作人回憶時說：「太炎對於闊人要發脾氣，可是對學生卻極好。」可作注腳。

　　魯迅談章太炎時也指出他的另一面：晚年「脫離民眾，漸入頹唐，後來的參與投壺，接受餽贈，遂每為論者所不滿，但也不過白圭之玷，並非晚節不忠」。

　　魯迅還說過：「太炎先生雖先前也以革命家現身，後來卻退居於寧靜的學者，用自己所手造的和別人所幫造的牆，和時代隔絕了。」其實不只章太炎，中國知識分子，尤其是大知識分子中，許多人都有與章太炎類似的經歷，往往早年參加革命，中年轉向學問，晚年更趨寧靜。這個文化現象和歷史現象，不是用年齡的變化可以解釋的，很值得深入研究，甚至可以寫一本書。

章太炎最重要的傳記作品是《自定年譜》。《自定年譜》內容豐富，文字簡潔，態度嚴謹，記錄了他從太平天國失敗（1868）到護法戰爭終結（1922）這半個世紀走過的曲折道路，同時反映了那個時代的激盪風雲和艱難國運，是近代革命史和學術史上一部重要的文獻。

　　《自定年譜》成稿於一九二八年，當時他遭到國民黨當局的通緝，在逆境中完成此作。他生前不願發表，是恐遭人任意篡改。直到他去世後，才由門人孫鷹若先生謄清，由章氏國學講習會排印。文章中有些犯時忌的話，則被迫刪去，當時僅印百冊，流傳甚少。直到一九五七年才由馬敍倫先生以新式標點於《近代史資料》第一期刊出。一九八六年上海書店再次影印出版《章太炎先生自定年譜》的各種版本，使海內外學者得覽《自定年譜》的全貌。

　　《鄒容傳》是章太炎的傳記小品，一反通常的詰屈古奧，文字明白生動，尤其詳細地記錄了《蘇報》案的始末和他們在獄中的情形。鄒容之死，章太炎是唯一的見證，因此讀來令人動容。

一個校長能領導一所大學，
對一個民族、
一個時代起到轉折作用，
除蔡元培沒有第二人。

到的理解

蔡元培對於中國文化所作的貢獻，近代中國大概沒有一位思想家、教育家、政治家可以與他相比，而最大的貢獻是他執掌北京大學校長期間，將北大變成中國新文化的搖籃。馮友蘭晚年曾引用美國哲學家杜威的話：「拿世界各國的大學校長來比較一下，牛津、劍橋、巴黎、柏林、哈佛、哥倫比亞等等，這些校長中，在某些學科上有卓越貢獻的固不乏其人；但是，以一個校長身分，而能領導那所大學對一個民族、一個時代起到轉折作用的，除蔡元培而外，恐怕找不到第二個。」馮友蘭補充說，「我還要附加一句：不但在並世的大學校長中沒有第二個，在中國歷代的教育家中也沒有第二個。」對於蔡元培的歷史地位和開創性的作用，我們是到近年來才充分認識到的。可能隨著時間的推移，我們還會有更新更深的認識。

蔡元培，字鶴卿，號子民，浙江紹興人。六歲入學，十七歲中秀才，二十三歲中舉人，二十六歲中進士，同榜的還有張元濟、屠寄等人，授翰林院庶吉士。他沿著科舉之路順利地進入京城，居翰林而傾向維新，被掌院學士某斥為「亂臣賊子」。有人把他和譚延闓同稱為「翰林造反」，其實譚根本不能與他相提並論。以翰林而革命者，在中國歷史上只有蔡元培一個人。

一八九八年，他掛冠離京，回南方興辦教育，開始他的教育拓荒與革命啟蒙生涯。他從戊戌失敗看出，以中國之

大，積弊之深，想靠幾道上諭來改革社會無濟於事，只有根本上從教育著手，培養新一代人才。社會革命與文化啟蒙這麼大的任務不可以互相替代。在同代大學者中，蔡元培的觀點不見得特別犀利，學問不見得特別精深，但他眼光特別深遠，而且難能可貴的是身體力行，鍥而不捨。

他回鄉就任紹興中西學堂監督，教職員中有新舊派別。他提倡新思想，袒護新派，被舊派痛恨，憤而辭職。

隨後，他到上海任南洋公學特班總教習，學生有黃炎培、邵力子、李叔同等人。他創辦愛國女學校，是我國最早

一九一八年六月北京大學文科哲學門第二次畢業生與老師在北大辦公處門前合影。前排左起第五人為蔡元培，第六人為陳獨秀，第七人為梁漱溟，二排左起第四人為馮友蘭。

的女校。同時，他發起和參與光復會、同盟會的革命宣傳和組織活動。

一九○○年，蔡元培夫人逝世，媒人紛紛前來勸說續絃，他特貼出一張徵婚啟事，聲明其擇偶條件是：一、女子須不纏足者；二、須識字者；三、男子不娶妾；四、男死後，女可再嫁；五、夫婦如不相和，可離婚。消息傳出，鄉里以為駭人聽聞。蔡元培的婚姻觀在當時具有婦女解放和反傳統禮教的重大意義，在中國婚姻史上實居第一位。

民國成立，他應孫中山之請首任教育部長。他是任期最短、貢獻最大的一位教育行政首長。他上任後發表的《關於新教育之我見》，見出其眼光深遠，不囿俗流。他一上台就廢止讀經，停止祭孔，儒教勢力從此一蹶不振。

袁世凱死後，蔡元培由歐洲返國，出任北大校長。北大前身京師大學堂自創辦以來，橫遭來自清廷和保守勢力的阻礙，實際處於由封建的太學、國子監向近代大學轉變的過程中。蔡元培主持校政，才完成了這種轉變。

蔡元培上任當日即親自到旅館拜訪並邀請陳獨秀擔任北大文科學長，而蔡元培的文章也首次在《新青年》發表，一校一刊革新力量的結合，使北大文科形成新文化運動的中心力量。安福系議員拿著《新青年》《新潮》雜誌到教育部告蔡元培的狀，罵他「實為綱常名教之罪人」。

蔡元培以開明的令人耳目一新的方式改造了北大，他以「思想自由」、「兼容並包」的辦學方針開了一代風氣之先。北大的師資為一時之盛，從陳獨秀、李大釗、胡適到章士

釗、梁漱溟、劉半農到辜鴻銘、黃季剛、劉師培，各種政治立場和文化見解的代表共聚一堂，同流並進。因此，呂思勉先生說：「有蔡孑民先生的主持北京大學，然後有五四運動以來風氣的轉變。」

一九二七年後，蔡元培出任中央研究院院長，為我國自然科學研究奠定了基礎。

一九三二年，蔡元培和宋慶齡、楊杏佛、魯迅等人組織中國民權保障同盟，在白色恐怖中多方營救左派政治犯和抗日愛國青年。他這時還是國民政府委員和中央研究院院長，名為在朝，實是在野。以在朝要人而從事在野民權運動和愛國運動也沒有第二個人。

蔡元培沒有寫過自傳和回憶錄。他的口述傳略是由他夫人之弟黃世暉筆錄，以蔡元培自稱口氣行文，所記至民國八年（1919）止。此文初刊於民國九年新朝社出版的《蔡孑民先生言行錄》，可見為蔡元培所認可。後收入一九四三年高叔平編的《蔡孑民先生傳略》，出版時，蔡元培已去世。這是目前所能看到蔡元培傳記的最可靠最重要的史料。

（題照為魯迅、蕭伯納與蔡元培）

從維新到革命

柳亞子原名慰高，號安如；改名人權，號亞廬；再改名棄疾，號亞子，江蘇吳縣人。文學世家，從高祖起，好幾代人有詩文集行世。一九〇二年考取秀才但思想漸變，從維新走上革命之路。這是中國知識分子在上半個世紀的思想歷程中很有代表性的。

柳亞子與陳去病、高旭等人在一九〇九年發起成立革命詩歌社團「南社」。柳亞子之得名由於創立南社，南社之得名由於倡導革命。然而南社之所謂革命，即如魯迅所說：「清末的南社，便是鼓吹革命的文學團體，他們嘆漢族的被壓制，憤滿人的凶橫，渴望著『光復舊物』。但民國成立以後，倒寂然無聲了。我想，這是因為他們的理想，是在革命以後，『重見漢官威儀』，峨冠博帶。而事實並不是這樣，所以反而索然無味，不想執筆了。」其實，辛亥革命以後南社的分化，如魯迅所論沉默的只是其中的一部分，也有人投靠反動派，而堅持進步的倒是少數，能夠高唱「世界光明燈塔」的更是鳳毛麟角。

辛亥革命成功，南京臨時大總統府成立，有人邀他去當總統府秘書。他不到三天便託病逃回上海，不願過那種受束縛的生活。

一九二三年，柳亞子又和邵力子、陳望道等發起成立「新南社」，提倡新文學和社會革命。一九二四年，國民黨改組，柳亞子以同盟會會員資格重新加入，是國民黨內著名的

左派人士。皖南事變後，柳亞子打電報給蔣介石，指責他破壞抗戰，倒行逆施，蔣介石惱羞成怒，開除他的黨籍。

香港淪陷，柳亞子脫險歸來，定居桂林，名所居曰「射日齋」，給外孫取名為「光遼」，念念不忘抗日和收復東北失地。捐款勞軍時，他一擲萬金，柳夫人說：「這是家中僅有的一點錢。」

建國後，柳亞子曾任中央人民政府委員，他與毛澤東的詩詞唱和傳為佳話。毛澤東那首著名的《沁園春‧詠雪》就是重慶談判時抄贈給他而廣泛流傳的。

柳亞子著有自傳多種：《自傳》（1932）、《自撰年譜》（1940）、《乘桴日記第貳》（1927～1928）、《旅港日記》（1949）、《北行日記》（1949～1950）。其中最重要的兩種：《五十七年》（1943～1944）是柳亞子五十七歲時所作，但只寫到一九〇六年他結婚為止，是他前二十年的經歷。作者「把我自己的生活作經，拿中國政治和國際局勢作緯」，從他的個人生活，使人感受到清末社會的動盪和革命浪潮的澎湃。《八年回憶》（1945）是抗戰勝利之後一個月，柳亞子應老朋友熊佛西之約撰寫的。他在「楔子」裡寫到重慶會談時說：「自從和毛先生見面以後，我的心境完全轉變了。」毛澤東的個人魅力在重慶談判時發揮到極致，使許多自由派知識分子都為之折服，更不用說柳亞子。蔣介石失敗後都不明白，知識分子的向背是民心向背的寒暑表。重慶談判是國共兩黨此長彼消的轉折點。《八年回憶》記錄了柳亞子抗戰期間的活動和心態，文筆清新樸實，娓娓道來如同閒

話家常。同時，作品反映了上海、香港、桂林、重慶等地進步文化界上層人物的活動。許多重要事件的細節和著名人物的個性，只寥寥數語，便頗為生動形象，是一部不可多得的抗戰文化史。

蓋棺未能論定

《新青年》的創辦，

是新文化運動開始的標誌，

也是現代中國轉折點的信號。

一九一五年是近代中國最黑暗最混亂的時期，三十六歲的陳獨秀從日本歸國，面對嚴重的復辟逆流和政局的腐敗黑暗，以極大的勇氣於九月十五日在上海創辦了著名的《青年雜誌》，自第二卷起改為《新青年》。《新青年》的創辦，是新文化運動開始的標誌，也是現代中國轉折點的信號。

在此之前，陳獨秀已進行了十五年革命活動，四渡日本，多次逃亡，直至創辦《新青年》實踐了「筆底寒潮撼星斗」的宿願，成為叱吒一時的風雲人物。

《新青年》以介紹西方新思想、攻擊中國舊思想為職志，高舉民主和科學兩面大旗，影響了一代革命青年。毛澤東曾回憶說，他們的新民學會是受了《新青年》影響才組織起來的。

一九一七年，新任北京大學校長的蔡元培聘請陳獨秀為北大文科學長，《新青年》雜誌編輯部隨陳獨秀遷到北京。次年，陳獨秀與李大釗又創辦了另一本著名刊物《每周評論》。陳獨秀以《新青年》、《每周評論》和北京大學為重要陣地，團結了一批最有影響的知識分子，傳播新思想，對新文化運動起了倡導、啟蒙和推動作用。

「五四」運動興起，他直接投身於運動中，親自到前門外新世界遊藝場散發傳單，竟被警察逮捕入獄，在各方營救下才獲釋。

毛澤東在延安時曾撰文充分肯定陳獨秀初期的革命活

動，指出「他是五四運動時期的總司令，整個運動實際是他領導的，他做了啟蒙運動的工作，創造了黨」。

　　發起創建中國共產黨是陳獨秀的另一個重大貢獻。一九二○年五月時，他首先在上海創建共產主義小組，接著聯絡各地的共產主義小組。中共「一大」在他沒有到會的情況下仍選舉他為黨的總書記，並且一連五屆。在大革命中，陳獨秀這樣一介書生領導這樣大規模的革命運動毫無經驗，又受共產國際制肘，發生錯誤，勢所難免。將大革命失敗的責任盡歸於他，恐失之公正。

　　一九二七年七月，陳獨秀離開中央領導崗位。一九二九年被開除出黨。他組織和領導了名為「無產者社」的托派組織。近年來，關於陳獨秀後期活動的研究也打開了禁區，提出了一些新的史實和新的說法。比如：一九二六年至一九二七年陳獨秀執行機會主義路線是遵照了當年共產國際的指示。魯迅《答托洛茨基派的信》回答的不是陳獨秀，而是陳其昌，其時陳獨秀已入獄多年。至於魯迅對於托洛茨基派的懷疑根據當年蘇聯天天宣傳的假材料，責任不在魯迅，當年全世界的左派人士都上了蘇聯假審判的當。還有，康生說陳獨秀是領取日本津貼的漢奸是沒有根據的污蔑。至於投降國民黨做特務，拿蔣介石的錢等等也是不實之詞。關於托派更是一個值得重新研究的歷史課題。近年已看到幾篇客觀公正的評說。

　　一九三二年十月，陳獨秀在上海被捕。他早年好友章士釗大律師自告奮勇為他義務辯護，陳獨秀和章士釗的兩篇辯

訴狀，在當時轟動全國。上海滬江大學、蘇州東吳大學這兩個教會學校不顧國民黨禁令，選為法學系教材。

在獄中，陳獨秀埋頭鑽研文字學，他認為從文字的形成和發展，可以看到社會和國家的形成和發展。朋友們多次勸他停止文字學研究，寫寫自傳和大革命史，但他都不以為然。他說大革命史因手頭無材料，不能憑記憶來寫；自傳想寫，但難以下筆。所以直到去世，大革命史一字未寫，自傳只寫了兩章，一九三八年發表在《宇宙風》雜誌上。這兩章只寫了他的家世和江南鄉試，起了個頭，沒寫下去實在可惜。

陳獨秀出獄後，董必武曾奉中共中央之命去拜訪他，勸他以國家民族為重，拋棄固執和偏見，寫一個書面檢查，回黨工作。他說，回黨工作，固我所願，惟書面檢討，礙難遵命。其實，這時他的社會民主主義思想已深思熟慮，在思想與共產黨已分道揚鑣。蔣介石也曾派人勸誘他去當什麼「勞動部長」，他斷然拒絕，說想教我妝點門面當走卒，真是異想天開。他罵高語罕去見蔣是無恥之尤，可見他的氣節。

他晚年由武漢而重慶而江津，貧病交纏，意志消沉。有詩云：「除卻文章無嗜好，世無朋友更淒涼。」據包惠僧回憶，一九四二年五月最後一次去看望他時，「陳已彌留不省人事。家徒四壁，只有幾張破桌椅和一堆土豆。」陳獨秀一九四二年五月二十七日病逝，陳獨秀在獄中為去探望他的劉海粟題詩云：「行無愧怍心常坦，身處艱難氣若虹。」是他晚年心境的寫照。

不能不說胡適

談二十世紀中國文化

不能不說胡適；談中國現代傳記文學

也不能不說胡適。

談二十世紀中國文化不能不說胡適。談中國現代傳記文學也不能不說胡適。

胡適原名嗣穈，胡適和胡適之是他後來讀赫胥黎《天演論》，從其中「物競天擇，適者生存」兩句話取來的筆名。他祖籍安徽績溪，生於上海，四歲喪父，由母親撫養長大，因此對母親感情尤深。

胡適以提倡白話文反對文言文，提倡新文學反對舊文學而奠定他在現代文學史上的地位。他是第一位大力倡導傳記文學的現代作家，從二十年代起直至去世，始終不遺餘力地倡導傳記文學。他曾動員梁啟超、蔡元培、陳獨秀等人寫自傳留給後人。他寫的《南通張季直先生傳記序》是新文化運動以來關於中國傳記文學的第一篇專論，指出中國傳記文學不發達的三個原因：缺乏崇拜偉人風氣，忌諱太多和古人難以傳神寫生。他提出傳記應有遠大的識見，細密的考證和傳神的手筆。他自己也身體力行，最重要的傳記作品前期是《四十自述》，後期是《丁文江的傳記》。

《四十自述》是一部未完成的自傳。他的寫作原則是「赤裸裸的敘述我們少年時代的瑣碎生活」，基本上採用編年的辦法，從幼年寫到二十歲去美國康乃爾大學前夕，最後還有一個附錄「逼上梁山」，是寫一九一五年至一九一六年間他在美國留學時發起「文學革命」的經過。自傳中最動人的部分是寫母親對他的養育和教誨，使他成功地度過一次「精神大轉

胡適墓地

機」。從這層意義上說，這部自傳胡適不是為自己立傳，而是為母親立碑。母親是《四十自述》的真正靈魂。

胡適寫自傳的態度非常嚴謹和冷靜。他說，寫回憶錄必須是「四十多歲寫兒童時代，五十多歲寫留學時代到壯年時代，六十多歲寫中年時代」。這種時間距離可以保證作者的客觀態度。因此，《四十自述》只寫到他出國留學前夕。

他寫《四十自述》時已是北京大學文學院院長，著名教授，名揚天下。他為了保證史實的真實性，居然寫成之後交給當事人中的敵對一方去審閱。如寫到中國公學風潮事件，胡適寫成後「恐怕我的記載有不正確或不公平的地方，所以把原稿送給王敬芳先生，請他批評修改。他是我們攻擊的幹事之一，是當時風潮的一個主要目標」。結果，王敬芳都承認

胡適「說得非常心平氣和」。

這種嚴謹的史家風範使《四十自述》足以成為史傳性回憶錄的經典之作。

胡適歷來要求傳記的內容要「紀實傳真」，傳記的文字要能「傳神寫生」，要能「給史家做材料，給文學開生路」。但他寫作傳記時對材料的重視遠遠超過對人物性格的重視，而這正是中國傳統史傳的特徵。胡適寫《丁文江的傳記》時搜集了大量丁文江的材料，但沒有進行很好的剪裁，引用資料太多，淹沒了人物性格。因此，作品的歷史價值超過文學價值，這是胡適傳記作品的不足。

新文化運動帶來中國知識分子

思想和個性的第一次解放，

自傳成了人們表現自我的一種最方便的文學形式。

 一部公開的日記體自傳

五四新文化運動帶來中國知識分子思想和個性的第一次解放，自傳成了人們表現自我的一種最方便的文學形式。郁達夫是最早寫作自傳，尤其是寫作日記體自傳的作家。

郁達夫早年受中國古典文學傳統的薰陶，留學日本期間，接受西方和日本各種社會思潮的影響。十年異國生活，使他飽受屈辱，激發了愛國熱忱，也養成了憂傷憤世、過敏而近於病態的心理。他從研究經濟學轉而對文學產生濃厚興趣。一九二一年與郭沫若、成仿吾等共同發起成立創造社，開始創作小說。他的《沉淪》（1921）是中國第一部白話小說集。他早期作品都體現了他的「文學作品，都是作家的自敘傳」的主張，有鮮明的個性特色。

回國後，他在北京大學、中山大學、中國公學等校任教。大革命時期，他思想上經歷了一次激盪。他不斷追求進步，然而結果往往是失望，甚至頹唐。但他的精神，如胡愈之先生所說，是永遠忠於五四精神的。

一九三七年抗日戰爭爆發，他投入抗日洪流，次年去新加坡，編輯報刊，從事抗日宣傳。一九四五年八月，他在蘇門答臘，因漢奸告密被捕，為日本帝國主義份子殺害。

在現代作家中，郁達夫是最早關注傳記文學，並為創造現代傳記文學作出努力的。他曾提出：「我們現在要求有一種新的解放的傳記文學出現，來代替這刻板的舊式的行傳之類。」

他寫過幾部自傳，最早的一部是由北新書局出版於一九

郁達夫與王映霞（1937年於福州）

二七年的《日記九種》。郁達夫對古今中外的各種日記頗有研究，曾專門寫過一篇《日記文學》予以評價，認為日記是最自由自在表現自我的文學體裁，「在日記裡，無論什麼話，什麼幻想，什麼不近人情的事情，全可以自由自在地記敍下來，人家不會說你在說謊。」

《日記九種》是寫於一九二六年十一月三日到一九二七年七月三十一日間的九段日記，是郁達夫思想和感情危機時期的真實紀錄。他在日記中把這場戀愛中的感情糾葛和矛盾表現得淋漓盡致，甚至把自己的情欲和性欲也表現得淋漓盡致，這樣大膽坦白的自我解剖在中國自古至今的傳記文學中還是第一次。

他在出版「後敍」中這樣表白：「半年來的生活記錄，全部揭開在大家眼前了。知我罪我，請讀者自由判斷。我也不必在此強詞掩飾。不過中年以後，如何的遇到感情上的變遷，左馳右旋，如何的作了大家攻擊的中心，犧牲了一切還不算，末了又如何的受人暗算，致十數年來的老友，都不得

不拔劍相向。這些事情,或者這部日記,可以為我申剖一二。」

　　日記中雖然戀愛是主線,但也反映了相當廣闊的社會現實和政治風雲,因此具有歷史價值。當然,它的價值還在於是中國現代第一部作者生前公開出版的私人日記。

「層累地造成的中國古史」學說如石破天驚，
把一向認為真實的絕對正確的
煌煌古史徹底推翻，
引起一場古史真偽的大論戰。

破天驚《古史辨》

顧頡剛出生於蘇州一個世代讀書的人家，而蘇州正是清代封建經學的中心。他五歲讀《四書》，八歲讀《五經》，十五歲已讀完《詩經》、《左傳》、半部《禮記》、《論語》和《孟子》。他生性桀驁不馴，從小喜歡在古書上批點，以後畢生精力在經學古史的辨偽考據上，成為古史辨派的掌旗者。

顧頡剛一九一三年進北大預科，一九一五年考入北大文科哲學門。那時山雨欲來，正是新文化運動的前夕。蔡元培任校長後，提倡學術自由。陳獨秀辦《新青年》，以思想革命為主旨，都給顧頡剛以影響。他讀康有為《孔子改制考》，「上古事茫昧無稽」的觀點開始引起他對古史的不信任。胡適用西方治學方法寫《水滸傳考證》，他觸類旁通，認為不僅可以用這種方法來理清楚小說、戲劇、歌謠中的許多問題，也可以用這種方法來理清楚歷史記載中的許多問題。而對他思想影響最大的還是五四新文化運動。他在《古史辨》自序中說過：「若是我不到北京大學來，或是子民先生等不為學術界開風氣」，「要是不逢到《新青年》的思想革命的鼓吹，我的胸中積著許多打破傳統學說的見解不敢大膽宣布」。他不只一次對兒女說：「沒有五四運動，就沒有我的成就。」

顧頡剛在北大畢業後，留校任助教，開始研究有批判精神的鄭樵、崔東壁和姚際恒，知道以前的學術界已經斷斷續續發起了多少次攻擊偽書運動，「經」、「傳」和「記」的偶像都可打倒。他因此感到辨偽書必然轉到辨偽史。他在一九

二三年二月寫給錢玄同的一封著名的信中提出「層累地造成的中國古史」的學說。這一石破天驚的說法一提出，把一向認為真實的絕對正確的煌煌古史徹底推翻，引起了當時一場古史真偽的大論戰。

顧頡剛為商務印書館編輯《初中本國史教科書》，在三皇五帝前加上「所謂」二字，表示其並不真實。此書因此被認為「非聖無法」，禁止發行。在社會上引起軒然大波，顧頡剛遭到很多人的攻擊，包括國民黨元老戴季陶。

但是，時代已為他建立自己的學說提供了一個公平討論的健康的學術環境，尤其是在蔡元培執掌的北京大學。到一九二六年，顧頡剛把這次論戰雙方的文章收集起來，編成《古史辨》第一冊。書的扉頁上摘錄了法國大藝術家羅丹的話，表明要得到真理，就要勇敢地說出自己的觀點，哪怕是違抗世人公認的思想；當別人了解之後，自己就不會孤立了。他並在書前寫了一篇長序，闡明自己研究古史的方法和所以有這種主張的原因。這篇自序實則是他的一篇學術自傳，是認識顧頡剛學術思想形成和發展最重要的第一手材料，歷來受到史家重視。

《古史辨》一出，在中國史學界出現了一個以「疑古」為旗幟的「古史辨派」。到一九四一年，《古史辨》出到第七冊。

顧頡剛在他新學說的理論框架下，一生取得多方面的研究成果：他以民間歌謠研究《詩經》，指出它是古代民歌總集；對孟姜女傳說、民間風俗、歌謠的研究，開闢了以民俗學證史的新領域；辨明欺世近二千年的完備整齊的古史體

系，是應戰國至西漢政治需要而層層造成的；以文籍考訂為工具對《尚書》作了科學整理，斷言《堯典》、《禹貢》等篇為戰國時代作品等等。

顧頡剛生於離亂之際，滿懷強烈的愛國熱忱。「五卅」運動和抗日戰爭中，他都和學生一起走上街頭，用群眾喜聞樂見的形式寫宣傳品。他用民歌體裁寫過一首《傷心歌》，印成傳單後廣為流傳。他的學生白壽彝在追憶往事時曾嘆道：「顧先生一方面研究最高深的古代歷史，另方面又致力於最通俗的民眾讀物，在這大學者中是很難的。」他自己也在與友人信札中說過：「我辦《禹貢》，為欲使中國人認識中國。我

左二起：雷潔瓊、鄭振鐸、顧頡剛、傅作義、陳其田、吳文藻、文國鼎、謝冰心。

辦通俗讀物，是要使中國人知道自己是中國人。」

　　一九四九年後他由上海到北京，一直鬱鬱不得志，從他的日記可以看到，整個五十年代他基本沒有什麼好心情。批判胡適時，他又違心地寫了文章。胡適對他有知遇之恩，雖然他只比胡適小兩歲，但他一直對胡適執師禮。他當時內心的痛苦是可以想見的。「文革」中，他作為「反動歷史權威」受批判，每天到歷史所勞動，一直到七十年代初才得以解脫。

　　五十年代初，學術界有人批判《古史辨》。顧頡剛在他的筆記中寫道，把偽造和曲解的經典「做一回大整理，使得可以以周還周，以漢還漢，以唐還唐，以宋還宋，表現出極清楚的時代性，然後可以與社會的發展相配合，所以《古史辨》的工作還應該完成」。現在有人指出顧頡剛的貢獻在於第一個有系統地體現了現代史學的觀念。

能夠毫不掩飾地把自己的脆弱向世界公布，

需要何等的坦誠和勇氣，

這在中國沒有第二人。

最坦白的懺悔

中國現代傳記中沒有一部作品如瞿秋白《多餘的話》那樣遭遇坎坷，大起大落。瞿秋白生前受到不公正的對待，死後更因《多餘的話》而蒙受不白之冤。

這位《國際歌》中文歌詞的第一個譯者，於一九三五年六月十八日在福建長汀中山公園高唱「英特納雄耐爾，就一定要實現」，步入刑場，從容就義，距他翻譯《國際歌》十幾年，時年三十六歲。

瞿秋白就義前，曾在獄中寫了一篇近兩萬字的自傳《多餘的話》。原手跡至今沒有發現，它最早刊登在一九三七年三月五日至四月五日出版的第二十五、二十六、二十七三期《逸經》上。

《多餘的話》是作為遺囑來寫的。他寫道：「我願意趁這餘剩的生命還沒有結束的時候，寫一點最後的最坦白的話。」瞿秋白擔任過中國共產黨的最高領導人，在臨死前作最坦白的懺悔，這事實本身就是一種脫出常規的驚人之舉。而他此舉的目的只是想送還歷史套在他頭上的偉人的光環，還「歷史的誤會」一個真面貌。他的理想和要求僅僅是想做一個平凡的人。

《多餘的話》是一個活生生的充滿內心矛盾的襟懷坦白而又心情複雜的人在臨死之際所作的一篇自白。瞿秋白以罕見的自我解剖，深刻地表現內心世界的種種無法排解的矛盾。他是個才華橫溢的渴望投入文學事業的文人，但卻要扮演力

不從心的政治領袖的角色；他想要成為一個馬克思主義者，
但他的紳士意識又根深柢固。這兩個困窘終身無法解脫的矛
盾使他像「一隻羸弱的馬拖著幾千斤重的輜重車」。

瞿秋白作為一個未能脫淨「中國紳士意識」的「平凡的
文人」，從未想到要搞政治，甚至在搞政治時還對文學眷戀不
已，但卻被歷史潮流推上政治領袖的地位。他不僅拖著羸弱
的病軀，而且始終拖著一個沉重的思想包裹。他不是個政治
家，只是個文人。

在中國歷史上，文人從政，不管是以何種方式，大都以
悲劇收場。

他在政治鬥爭的間隙即一九三一年夏到一九三三年底的

養病期間，回到文壇。他實際上是從他力不從心的政治鬥爭中敗退到文壇上來。他幾次住在魯迅家裡，與魯迅切磋，甚至以魯迅的名義發表文章，他在文壇找到知音，得心應手，心情舒暢，身體也好起來。他與魯迅結下了深厚的友誼，魯迅也把他引為知己，甚至是惟一的知己。魯迅親筆書贈一副對聯：「人生得一知己足矣，斯世當以同懷視之。」而瞿秋白是第一個對魯迅在我國新文化運動中的地位和作用給予科學評價的人。

　　《多餘的話》確實流露了瞿秋白思想中灰暗、傷感和消沉的情調，但他能夠如此毫不掩飾地把自己的脆弱向世界公布，又需要何等的坦誠和勇氣，這在中國沒有第二個人。

前半生與後半生

中國文人中前半生與後半生反差甚大，

甚至判若兩人者比比皆是，

這個現象很值得研究。

賽金花一生曲折坎坷，具有戲劇性。這個被時代拋到浪尖上的小人物，聯繫著中國現代史上不少大事件大人物。她不為歷史學家所注重，卻為文學家所青睞。有見識的文藝家們從她豐富的人生經歷中發現了巨大的社會歷史價值，以致近百年來不斷有人從各個角度用各種形式描繪這位清末名妓。

在賽金花還值中年時，稱她為「太師母」的曾樸便以她的經歷為線索鋪張成洋洋灑灑數十萬言的小說《孽海花》，成為清末民初一幅社會政治風土人情畫卷，一版再版，廣為流傳。對賽金花的「成名」起了推波助瀾的作用，以致賽金花的後半生與《孽海花》結下不解之緣。但如曾樸所言，它畢竟是小說，與歷史有區別。

樊增祥以賽金花生平為題材的《前後彩雲曲》，一問世即為人所傳頌，有人比

賽金花

之為吳梅村的《圓圓曲》。作者僅憑傳聞而寫詩，與事實出入頗大。樊增祥以此詩的流傳名噪一時，而賽金花卻因此詩蒙受不白之冤。

在賽金花晚年處於窮愁孤苦之際，劉半農和他的學生商鴻逵訪問了她。這篇根據賽金花口述寫成的自傳性訪問記，因為劉半農病逝而由他的學生商鴻逵完成，發表時題為《賽金花本事》。

《本事》提供了許多第一手的史料，值得重視。但賽金花在口述身世時，由於可以理解的社會和自身的原因，有許多隱瞞和難言之隱，對有些事實的歪曲也顯而易見的。因此，《本事》發表後即受到多方面的指責，一時成為新聞熱點。不管這些肯定與責難出於什麼用意，都反映了一個不容忽視的事實：賽金花其人的複雜性和多面性。

劉半農在巴黎

淞滬抗戰爆發，國難將臨，曾有人請賽金花為在上海堅持抗戰的十九路軍講演。在她生命的最後幾年裡，多次以「庚子事件」為題講過話，當她講到八國聯軍侵華暴行時，聽眾為之動容。

一九三六年十月二十六日，賽金花病死於居住了十五年之久的破舊小屋裡。但她死

三十年代的劉半農

後的哀榮是她生前絕不會想到的，詩人學者、社會名流紛紛前往弔唁，李苦禪為其作畫募捐，齊白石為其題碑勒石。

賽金花剛去世時，有人就斷言她是個「蓋棺不能論定」的人物。在她死後半個多世紀裡，關於她的作品和評述何其多矣，但這篇《本事》仍不失為其中最有史料價值者。

劉半農名復，初稱半儂，後改半農，江蘇江陰人，從過軍，任過編輯。他因早年在上海寫過一些言情小說，雖後來為《新青年》成員，在一些學院派眼中，終不免有海派文人的嫌疑。但魯迅卻說：「半農確是淺。但他的淺，卻如一條清溪，澄澈見底，縱有多少沉渣和腐草，也不掩其大體的清。」他為了爭口氣，後留學法國，專攻語音學，獲博士學位。

一九一八年，在《新青年》四卷三號上，以《文學革命之反響》為題，由錢玄同化名王敬軒致信《新青年》，而劉半農則撰文答覆，對復古派、守舊派進行系統猛烈的抨擊。這場「雙簧戲」轟動一時，推動了文學革命的進行。魯迅先生曾經稱讚他「打了幾次大仗」。

一九三四年六月，他啟程去綏遠、內蒙古一帶考察方言

民俗。他後期一直在搜集民歌，以期滋養新文學。離京前夕，為自己即將出版的第一本散文集揮毫題下「半農雜文」四字，交學生商鴻逵後匆匆登車而行。不幸在考察途中驟然染病，返京僅三天便與世長辭，年僅四十四歲。

趙元任曾寫輓聯云：「十載湊雙簧，無調今後難成曲；數人弱一個，叫我如何不想他。」上聯說的即是他與錢玄同的「雙簧戲」，下聯，語兼雙關，指劉半農寫《教我如何不想他》一詩，由趙元任譜曲，曾廣為流傳，成為一代名曲。

魯迅寫過悼念劉半農的文章，直率地說「我愛十年前的半農，而憎惡他的近幾年。這憎惡是朋友的憎惡，因為我希望他常是十年前的半農，他的為戰士，即使『淺』罷，卻於中國更為有益。」中國文人中前半生與後半生反差甚大，甚到判若兩人者比比皆是，這個現象很值得研究。

（題照為劉半農）

她一向認為藝術的價值在真實，

她的作品幾乎全部都是

她人生歷程和感情變化的真實記錄。

個女兵的自傳

中國女作家中謝冰瑩是最獨特的一位，她的經歷獨特，性格獨特，作品也獨特。中國現代文學史只說丁玲、冰心、蕭紅，不說謝冰瑩是重大的缺憾。尤其中國紀實文學不能不說謝冰瑩，她當時的社會影響甚至超過了同時期所有女作家。只是因為謝冰瑩一九四九年去了台灣而不提她也是不公正的。長期以來大陸謝冰瑩研究是個空白。

謝冰瑩原名鳴岡，字鳳寶，又名彬，一九〇六年九月五日生於湖南新化縣大同鎮謝鐸山。父親是前清舉人，信奉孔孟之道，主張明哲保身；母親幹練聰慧，性格潑辣，熱心公益，但是舊禮教的維護者。謝冰瑩繼承了母親的聰慧和果敢，卻不甘受舊禮教的束縛，她的性格從幼年起就有鮮明的叛逆色彩。她不願紡紗繡花，反對裹足穿耳，不喜歡《紅樓夢》，偏愛《水滸傳》，嚮往俠義精神。她以死來抗爭，才得到家庭許可，獲得出外讀書的權利。先後在大同女校、長沙省立第一女子師範讀書。開始接觸新文學新思想，並在《大公報》發表處女作。

大革命時期是她人生的轉折點。風起雲湧的革命浪潮引發了她內心的激情和豪俠之氣，同時，她為了徹底擺脫封建家庭的束縛和初戀的苦悶，毅然從軍，考取武漢中央軍事政治學校（前身為黃埔軍校），次年隨北伐軍北上。

在緊張的軍旅生活中，她寫下許多戰地隨筆式文章，這就是她的成名作《從軍日記》。這部作品發表後立即轟動文

壇，很快被譯成多國文字，英國和日本還將其收入中學課本，法國大作家羅曼·羅蘭也致函大加褒揚。

大革命失敗，學校女生隊解散，她被迫返回家鄉。為反抗封建包辦婚姻，她再次出走。此後過著長期飄泊不定賣文自給的求學生活。她兩度赴日本留學，在上海和東京曾兩次無辜入獄，身心俱受摧殘。

正當她心灰意懶時，在良友圖書公司編中國文學叢書的趙家璧來信要她趕快寫一部書給他出版，書名也是趙家璧定的，叫《一個女兵的自傳》，並限她三個月交稿。她為了藉寫作來減少一點精神上的苦悶，才勉強答應了。

但她沒想到這部書的寫作是如此刻骨銘心。她說：「在我寫過的作品裡面，再沒有比《女兵自傳》更傷心更痛苦的了！我要把每一段過去的生活，閉上眼睛來仔細地回憶一下，讓那些由痛苦裡擠出來的眼淚，重新由我的眼裡流出來。記得寫上卷的時候，裡面有好幾處非常有趣的地方，我一面寫，一面笑，自己彷彿成了瘋子；可是輪到寫中卷時，裡面沒有歡笑，只有痛苦，只有悲哀。寫的時候，我不知流了多少眼淚，好幾次淚水把字沖洗淨了，一連改寫三四次都不成功，於是索性把筆放下，等到大哭一場之後再來重寫」，「把中卷全部稿子寫完修改之後，我已瘦得不像人樣了。」

《女兵自傳》是她的代表作。發表後不知有多少讀者來信詢問是否真實的故事。她說：「這不是一部普通虛構的小說，這是傳記體裁；傳記，百分之百要真實才有價值」，「我要忠實地回答他們，這是一個女兵的真實故事，絲毫沒有虛

偽，半點也不誇張。」「女兵」也是她性格的典型寫照：雖不免「兒女情長」，但從不「英雄氣短」。

這本書連續重版二十多次，「在當時的青年男女們，真是人手一冊」，不僅在當年鼓舞了許多青年男女脫離封建家庭，走上革命道路，而且在以後不同時期都為年輕人的奮鬥和成長提供了精神力量。當年，林語堂的女兒把它譯成英文，由林語堂親自校正並作序在美國出版。而在香港立即有了盜版本，可見影響之大。

抗日戰爭爆發，她又重上前線，發起組織了「湖南婦女戰地服務團」，轉戰於各地。後來又擔任過各項戰地工作。

一九四〇年告別戰場，回到後方，編輯報刊雜誌和在大學任教。一九四八年秋離開大陸，執教於台灣師範學院，從事教書和寫作。

她在去台灣之前的作品都充滿熱烈和激盪，洋溢著青春活力。她文學的主要成就在散文，尤其是紀實散文。她一向認為，藝術的價值在於真實，「要有真情實感，才能寫出好文章」。她的作品幾乎全部都是她人生歷程和情感變化的真實紀錄。而《女兵自傳》則是對她的成長歷程作的整體勾勒。

她的作品具有可貴的真實性甚至獨特的新聞性，在當時文壇上獨樹一幟。但它們又帶有過於直露的缺陷。這是一般紀實性作品難免的缺陷，影響了藝術感染力。

她離開大陸後過的是平靜的生活，因此，作品蘊含豐富而筆墨沖淡。晚年逐漸轉向信奉佛教，走到了年輕時的反面。

（題照左為謝冰瑩）

孤獨者的精神財富

她筆下的魯迅是個可親可愛可敬可畏的

富有人情味的魯迅，

一個平平常常的偉人。

這是她心中的魯迅，

也可以說是蕭紅的魯迅。

蕭紅像流星劃過，在文壇活躍的時間不足七年。然而她的兩部代表作分別由魯迅和茅盾作序，對那代人來說是不小的殊榮。一位批評家認為蕭紅所以長時間吸引讀者的熱情關注「似乎主要不是由於她的文字魅力，而是由於她富於魅力的性情和更富有魅力的個人經歷——尤其是感情經歷」。

蕭紅生於黑龍江呼蘭縣城一戶張姓地主家庭。但這個背景可能完全是虛構的。根據蕭軍回憶，張廷舉並非蕭的生父。母親早逝，家庭的冰冷和殘酷迫使她不願接受和她「站在兩個極端的父親的豢養」。童年時代唯一的感情慰藉來自她的祖父。

蕭紅二十多歲時兩度逃離家庭，先是與情人陸振舜同居，後在飢寒交加時又為未婚夫王恩甲所乘，幾乎留下終身之憾。直到一九三二年八月，哈爾濱大水引出那場「偉大的會面」，與蕭軍在艱難中相識。一九三五年，蕭紅、蕭軍抵達上海。

蕭紅在上海得到魯迅先生的關懷和提攜。她的《生死場》在魯迅直接幫助下出版。使她一躍而成為全國知名女作家。蕭紅和魯迅交往的日子是她一生中最為燦爛的歲月。

文學的成功並沒有帶給她歡樂，和蕭軍感情的裂痕使她又陷入苦悶境地。據說她那時天天耽擱在魯迅家裡，許廣平說她「煩悶失望，哀愁籠罩了她整個的生命力」。這場感情危機導致了她隻身東渡日本，但異國等待她的依然是難以忍受

的寂寞。後來，魯迅先生的去世給她的打擊比她自己的感情悲劇來得更加沉重。

蕭紅一九三七年回國，抗日戰爭爆發，她隨端木蕻良南行，這個頗遭朋友非議的舉動對蕭紅來說顯然是希望重新找到感情的歸宿。可情況並不順遂，她日漸消沉，在重慶和香港，她近乎是「蟄居」的。一九四二年一月二十二日，蕭紅病逝於香港，只有三十一歲。

作為孤獨者，蕭紅最大的精神財富是她的自我回憶。在她生命的最後幾年，她在回憶中寄託了全部情感。她情感所繫，一是魯迅，一是故鄉。她於一九三九年寫出的《回憶魯迅先生》是她文學創作中最動人最有價值的篇章之一。她用看似漫不經心的筆墨，寫一些零零星星的斷片，而這些似乎不相關的斷

魯迅

片在蕭紅筆下奇蹟般地凝聚起來，生動畫出了一個可親可愛可敬可畏的富有人情味的魯迅，一個平平常常的偉人。這是蕭紅眼中的魯迅，心中的魯迅，也可以說是蕭紅的魯迅，她寫魯迅也是寫自我，這是作品所以成功的地方。在所有回憶魯迅先生的文字中，蕭紅的回憶文字有著特殊的影響和重要的價值。

（題照為黃源、蕭軍與蕭紅。）

副刊發展史上的重要一頁

他對《自由談》所作的革新是

中國報紙副刊史上重要的一頁，

也是他一生最有光彩的時期。

黎烈文一生最有光彩的時期是他二十八歲時主編《申報‧自由談》。他對《自由談》所作的革新是中國報紙副刊史上重要的一頁。

一八七二年，由英商在上海創辦的《申報》首開中國近代報刊之先河。一九一一年八月，《申報》開闢的《自由談》是中國早期的報紙副刊之一。早期的《自由談》主要刊登迎合小市民趣味的滑稽小品，與《申報》的大家地位不相稱。史量才接辦《申報》後，整個報紙面貌才有改觀。

早年參加過文學研究會的黎烈文一九三二年從法國留學回國，接編《申報》的《自由談》，力倡改革，使之成為三十年代最有影響的報紙文藝副刊。

魯迅先生十分支持黎烈文的革新，他晚年的大多數雜文都在《自由談》發表，最多時平均兩天一篇。受魯迅影響，許多左翼作家都吸引到《自由談》周圍。《自由談》極一時文壇之盛，成為重要的左翼文藝陣地。同時，《自由談》也兼容並包，各式人物、各派風格、各種傾向都在《自由談》登場，表現了編者寬闊的胸襟。

據唐弢統計，在黎烈文、張梓生編輯《自由談》期間，曾經組織過文化論爭三十餘次，如大眾語論爭，京派與海派論爭等，這些論爭似乎只是文化圈內的事情，實則反映了社會上兩種文化精神和價值觀的衝突。黎烈文對《自由談》的革新是五四精神在三十年代的發展。因此，《自由談》也成

黎烈文

為反動當局關注和壓制的主要目標。一九三四年五月，黎烈文被迫辭職。在此前後，楊杏佛遭暗殺，丁玲被捕，可見當時環境之險惡。

這一時期，他與魯迅過往甚密。魯迅逝世，他在治喪處工作，又是參與最後抬棺下葬的年輕人之一，可見他對魯迅先生的敬仰之情。

他在上海待不下去，據說是為了一個女人，隨後便去了福建。抗戰勝利後去了台北，起初在報館當負責人，不久由於得罪上級丟了官，就到台灣大學教書，但並不受重視。於是教書之餘仍然從事寫作和翻譯。

黎烈文的《天才與環境》一書中的文章，大都是到台灣之後所寫。

黎烈文於一九七二年十一月去世。晚年寂寞，喪儀冷冷清清。

因為黎烈文去了台灣，有些人就斷言：曾經是魯迅好友的黎烈文後來墮落成為「反動文人」。巴金在他的《隨想錄》裡寫過一篇《懷念烈文》，說：「好久，好久，我就想寫一篇文章替一位在清貧中默默死去的朋友揩掉濺在他身上的汙泥。」

巴金對黎烈文的一生作出了公正的評價：「埋頭寫作，

不求聞達，『不多取一分不屬於自己的東西』。」這是黎烈文一生恪守的品格。

（題照為巴金、黎烈文等人為魯迅先生抬棺出殯。）

人們撥開歷史的塵埃重新把他「發掘」出來，

所幸的是他看到了自己的文名傳遍世界，

只是他的生命已由燦爛歸於平淡。

照我思索，能理解我

沈從文是中國現代文學史上最富有特色的作家，他筆下展示的是一個從來沒有人描繪過的陌生、古老而神秘的世界。

沈從文出生於湘西偏僻山城鳳凰。幼年讀過私塾，高小畢業就進了土著部隊，輾轉於湘、川、黔邊境和沅水流域，混跡於水手、妓女、流氓、土匪、礦工和士兵之間。他在懷化駐防一年四個月，「大致眼看殺過七百人」，後來到川東，「每天生活依然是吃喝，依然是殺人。」可這二十年的人生成了沈從文創作的源泉。他那些最深沉最美好的文章都是從這痛苦而又美好的記憶中挖掘出來的。

二十歲時，他為了擺脫這種愚昧的生活，看一看外面的世界，離開湖南去北京。他後來說過：「我離開家鄉去北京閱讀那本『大書』時，只不過是一個成年頑童，任何方面見不出什麼才智過人。只緣於正面接受了『五四』餘波的影響，才能極力掙扎而出，走自己選擇的道路。」他懷著文學夢初到北京時，只是一個誰也不知道誰也不認識的一文不名的年輕人，憑著自強不息的生命力，他一步一步從社會最底層走進一個新世界。而他過去生活中所經歷的一切經過他的消化卻變成了他特有的財富，「各種生活營養到我這個靈魂，使它觸著任何一方面時皆若有一閃光焰。」

他沒有讀過幾年書，他到北京本想升學讀書，但未能如願。剛受過五四運動洗禮的北京打開了他的眼界，他在小說創作上的成功引起文壇矚目，他是穿著「草鞋」踏上大學講

台，成為大學教授的。

　　一九三二年，沈從文剛過三十，在青島大學教書，已有十年的寫作經歷，正是創作力最旺盛的時候。一個朋友準備在上海辦個新書店，邀他寫自傳，約定一個月必須完成。他只用了三個星期，寫完自傳，回憶他二十歲之前那段充滿神秘傳奇的經歷。

　　《從文自傳》是一幅傳神的風俗畫，一篇優美的散文詩和一曲充滿魔幻色彩的樂章。讀者只感到他的「離奇有趣」，但沈從文說：「只有少數相知親友，才能體會到近於出入地獄的沉重和心酸。」

　　半個世紀後，沈從文曾這樣概括這部自傳的意義：「這本自傳確實也說明了一點事實。由此可明白一個樸質平凡的鄉下青年，在生活劇烈大動盪下，如何在一個小小天地中度過了二十年噩夢般恐怖黑暗生活。由於五四運動餘波的影響才有個轉機，爭取到自己處理自己命運的主動權，完成了向社會學習前一階段的經歷後，並開始進入更廣大複雜的社會大學，為進行另一階段的學習作了準備。」

　　作家汪曾祺在讀過《從文自傳》後由衷讚美：「我對這本書特別感興趣，是因為這是一本培養作家的教科書，它告訴我們是怎樣成為詩人的。」

　　可惜沈從文的自傳沒有寫下去，更可惜的是他正值壯年卻不得不放下手中之筆。我們今天談論作為文學家的沈從文，只是他的前半生。他的後半生雖然也有《中國古代服飾研究》這樣的巨著問世，但那已不是文學。雖然從字裡行

間，我們仍然能感受到頑強的生命力的搏動，但更有一種沉重的透不過氣來的無奈和創痛。

三十多年後，人們撥開歷史的塵埃重新把他「發掘」出來。文學史重新承認了這位天才，這位被扼殺的天才。所幸的是他看到了自己的文名傳遍世界，只是他的生命已由燦爛歸於平淡。

在他故鄉的墓地上，一塊自然墜落的石頭上刻著他的墓誌銘：照我思索，能理解「我」，照我思索，可認識「人」。只有讀過他的自傳，才可能照他思索。

沈從文與巴金，左為張兆和。

只要有中國人的地方
都可以發見《生活》周刊，
可見韜奮當年的影響之大。

在監獄中完成的自傳

一九三六年十一月二十二日，國民黨在上海逮捕鄒韜奮與沈鈞儒、沙千里、李公樸、史良、章乃器及王造時等七位救國會領袖，時稱「七君子事件」，前後歷時八個月。

韜奮在蘇州高等法院看守所內寫下他的自傳《經歷》。在「開頭的話」中，韜奮這樣說明：「這本書的寫成也許還靠我的被捕，因為在外面也許有更重要的文字要寫，沒有時間來寫這樣的書；而且在羈押中寫別的著作，參考材料不易帶，只有寫這樣回想的東西，比較地便當些，所以無意中居然把它寫完了。」

韜奮原名恩潤，韜奮是筆名；祖籍江西餘江，生長在福州。他家境貧寒，還要負擔弟弟的學費，不得不在課餘時間打工。一九二一年畢業於上海聖約翰大學。

一九二六年，韜奮接編《生活》周刊，是他從事新聞工作的開始。《生活》周刊原是中華職業教育社的機關刊物，單談職業教育問題，每期只印二千八百份左右，主要贈送社員和教育機關。韜奮主編後改變編輯方針，以討論社會問題為主，為勞苦大眾說話，使刊物大受讀者歡迎，發行量增至十五萬份之多，成為當年最有影響的進步雜誌。隨後，韜奮又辦起「生活書店」，作為服務進步文化事業的中心。他還先後籌辦過《新生》周刊，《永生》周刊，《大眾生活》、《生活日報》等等，但相繼被迫停刊。在國民黨專制迫害下，他一次入獄，三次流亡，但都沒有使他屈服。胡愈之曾這樣稱

讚韜奮：「我可以說一句，近二十年來，只除了一二個人以外，再沒有一個中國人寫的文章，能像韜奮的文章那樣，擁有廣大的讀者群。」胡愈之還說，只要有中國人的地方，都可以發見《生活》周刊。可見韜奮當年的影響之大。

韜奮臨終時申請加入中國共產黨。周恩來說過：「鄒韜奮同志經歷的道路是中國知識分子走向革命的道路。」韜奮是現代中國最傑出的新聞記者、政論家和出版家之一。

作為記者和出版家，韜奮對傳記文學越來越重視，他曾說：「我近來發現自己對於寫傳記的興趣越來越濃厚」，「關於傳記，我以前只是用過因公和落霞的筆名，替《生活》周刊寫過幾篇名人小傳，後來編輯過一本二十萬字的《革命文豪高爾基》，但是最近才深切地覺得自己對這件事有著特別濃厚的興趣，很想以後再多多研究歷史勉勵自己做個傳記家，更希望能有機會替民族解放的鬥士多著幾本有聲有色的傳記。」可惜，韜奮出獄後忙於宣傳抗日，在顛沛流離中無法實現「做個傳記家」的願望，但他在病榻上寫下的最後的遺作，還是他的回憶錄《患難餘生記》。在韜奮的自傳中最重要影響最大的還是《經歷》。

（題照為七君子與馬相伯）

從《西潮》到《新潮》

蔣夢麟，浙江餘姚人。前清策論秀才，後留學美國哥倫比亞大學，獲哲學及教育博士學位。回國後曾任北京大學代理校長、校長十七年之久，他作過國民政府第一任教育部長、行政院秘書長。抗戰後期出任紅十字會會長。去台灣後一直主持農復會。

抗戰期間，他以北大校長身分任西南聯大常委（另外兩位常委為清華校長梅貽琦、南開校長張伯嶺），在昆明利用躲避空襲的空閒，陸陸續續用英文寫成前半生的回憶錄《西潮》。

他曾解釋為什麼用英文寫作初稿。因為那時躲避空襲，在防空洞不可能有桌椅，經常是席地而坐，他隨身攜帶鉛筆和硬面筆記本，寫中文要慎重其事，頗為不便；而寫英文有如畫曲線，可以閉起眼睛不假思索地畫下去，即使沒有燈光，也照樣可以寫。蔣夢麟說，如果不是抗戰期間躲空襲，他不可能有閒情來寫一部自傳。

《西潮》記錄了自一八四二年到一九四一年在中國發生的重要事件，尤其後半段為作者親身經歷。

因此，蔣夢麟說，這本書「有點像自傳，有點像回憶錄，也有點像近代史」。

一九四五年，《西潮》先在美國出版英文本，引起美國學術界重視。哈佛大學遠東研究所曾經定這本書為重要的參考書之一。直到一九五七年，距這本書寫作十五年、英文本出版十二年之後，作者才將此書譯為中文在台灣出版發行。

《西潮》中文本出現在台灣被稱為「文化沙漠」的五十年代，對當時的年輕人產生了極大的影響，台灣當代青年幾乎人手一冊，成為人生教科書。

　　這對蔣夢麟是極大的鼓舞，他決心撰寫下半生的自傳，並定名為《新潮》。

　　他在決定寫《新潮》時說：「以前我寫《西潮》，那是講外來文化所予我們中國的影響；現在我在這本《新潮》裡，要講的是中國文化因受外來文化影響，自己所發生的種種變化。」對蔣夢麟來說，《新潮》較《西潮》更為重要。可惜，《新潮》僅開了個頭，寫了幾章，他便病逝了。

　　羅家倫在評價《西潮》時這樣說過：「他從中國學究的私塾到西洋自由的學府，從古老的農村社會到近代的都市文明，從身經滿清專制的皇朝到接受革命思想的洗禮，他多年生活在廣大的外國人群裡，更不斷生活在廣大的中國人群尤其是知識青年群眾裡面，他置身於中西文化思想交流的漩渦，同時也看遍了覆雨翻雲滄海桑田的世局。經過了七十華年，正是他智慧結晶的時候，到此時而寫出的他富有哲學內涵和人生風趣的回憶，其所反映的絕不是他一生，而是他一生所經歷的時代。」

　　羅家倫高度稱讚這本書的寫作風格：「這本書最難達到的境界，就是著者講這個極不平凡時代的事實，而以極平易近人的口吻寫出來，這正像夢麟先生做人處世的態度。若不是具有高度文化的修養，真是望塵莫及的。」

　　羅家倫引用王安石的兩句詩來形容蔣夢麟的生平和寫作

風格：「看似平常最奇絕，成如容易卻艱難。」

他們是至交，這兩句詩自然引得十分貼切。

兩

腳踏中西文化

朋友講林語堂最大的長處

是對外國人講中國文化，

對中國人講外國文化。

林語堂一生致力於「中西文化融合」。他八十歲壽誕時，曾虛白贈他一幀白話立軸：「謝謝你把淵深的中國文化通俗化了介紹給世界」，這可以說是他一生的主要貢獻。但他對中國傳記的發展也有特殊的貢獻。在學習西方傳記方面，他比胡適、朱東潤走得更遠。他第一個把西方的幽默和趣味性引入中國傳記。

林語堂生於福建龍溪一個基督教牧師家庭。十七歲入上海聖約翰大學，一九一九年赴美留學，一九二○年獲哈佛大學文學碩士，一九二三年又獲德國萊比錫大學語言系博士。同年回國，先後任清華、北大、廈門大學教授。一九二三年他出任廈門大學文學院長時，專意聘請了魯迅先生。當時他倆還是朋友。

三十年代，他創辦《論語》、《人間世》、《宇宙風》等刊物，提倡幽默。他想借助「幽默」使自己在這緊張的社會裡保持「一種從容不迫的達觀態度」，又想借助「幽默」作為潤滑劑，來協調社會，「易其緊張為和緩」。他這種人生態度遭到魯迅與左翼的批評，但使他獲得了「幽默大師」的桂冠，也陷入了四面楚歌的困境。

其時，因為他用英文完成了《吾國吾民》而接到美國女作家賽珍珠的正式邀請去美國專事寫作，介紹中國文化。於是，他舉家赴美，開始了他後半生四十年的創作生涯。這四十年間，他共出版英文著作三十六種，中文著作五種，幾乎

一九三○年林語堂在上海

平均每年一種。其中最有影響的長篇小說《京華煙雲》，曾被四十一屆國際筆會推舉為諾貝爾文學獎候選作品。最受歡迎的暢銷書是《吾國吾民》，發行四十版，譯成十八國文字。中國作家中沒有一個人如他這樣具有廣泛的影響。

他最為自我欣賞的是傳記《蘇東坡傳》，他一九三六年離開大陸時搬上胡佛總統號輪船的幾只大箱子裡裝滿了有關蘇東坡的一百多種研究資料，可見他對蘇東坡摯愛之深。他稱蘇東坡是「具有現代精神的古人」，其實是他改造了蘇東坡，把他寫成一個「快快活活，無憂無慮」、「盡情享受人生」的樂天派。蘇東坡其實是林語堂的影子而已。

他還寫過《武則天傳》（1957），不太成功。一方面因為武則天的可信史料太少，另方面，他的性格與武則天相差甚

遠。他很難把握這位女皇帝的性格發展。

　　林語堂寫過兩部自傳。一是他一九三五年應美國某書局之約用英語寫成的，次年由著名史學家簡又文先生譯為中文。這是他出國前對於自己前半生（四十歲以前）的總結，引文灑脫自由，語言幽默風趣，在敘述中議論風生，在調侃中自我剖析，在坦然中充滿智慧。這一風格到晚年的《八十自敘》（1974）中又有進一步發展。《八十自敘》作於他去世前兩年，但他回憶平生時大多談四十歲之前的經歷。他出身貧寒，靠個人奮鬥進入社會上層而成名成家。

　　他一九六六年回台灣定居。一九七五年當選國際筆會副會長。次年病死於香港，葬於台北陽明山麓。

　　三十年代時，林語堂一位朋友講他最大的長處是對外國人講中國文化，對中國人講外國文化。林語堂認為這個評價一語中的，並為自己做了一副對聯：「兩腳踏中西文化，一心評宇宙文章。」這是最貼切的自畫像。

漢語言學之父

王力説，在趙元任之前，

中國語言學其實只是語文學，

中國語言學界尊趙元任為「漢語言學之父」。

中國語言學界一向尊趙元任為「漢語言學之父」。趙元任江蘇常州人，生於天津，為世家子弟。六世祖趙翼，即是著有《廿二史劄記》並以「各領風騷數百年」句子聞名的趙甌北。趙元任十一歲回常州，十三歲時父母相繼去世。

趙元任是我國早期留學生，一九一○年以優異成績考取庚子賠款第二批留美官費生，在錄取的七十二人中名列第二，胡適名列五十五。他們兩人同船赴美，同進康乃爾大學，一九一四年同期畢業。胡適進哥倫比亞大學讀哲學，趙元任進哈佛大學學習數理，一九一九年得哲學博士學位。翌年返國應聘為清華大學心理學及物理學講師。羅素來中國講學，找他去做翻譯。這一年，趙元任結識日後成為他妻子的楊步偉女士。楊的曾祖父與曾國藩是同年進士，楊曾留學日本東京帝國大學獲醫學博士，畢業後在北京開私立醫院，為風氣之先。趙元任與楊步偉結婚很新派，只是給親友寄一封通知書，說：「接到這消息時，我們已在一九二一年六月一日下午三點鐘東經百二十度平均太陽標準時結了婚。」這在當時文化界傳為美談。

婚後，趙元任重返哈佛，進修語言學理論。一九二五年，清華大學成立國學研究所，聘梁啟超、王國維、陳寅恪和趙元任四位教授為導師，趙元任全家返京。一九三八年，趙元任又赴夏威夷任教，一家又赴美，後轉往耶魯大學、哈佛大學，二戰後，趙元任原想回國，後來終於沒有成行。據

楊步偉的《雜記趙家》說，趙元任是怕一而再、再而三地要他做中央大學校長的緣故。趙元任從不做官，也以為自己不宜做行政工作，一生以學人問世。結果，他就在美國住下去。他在加州大學一直教書到退休。

一九七三年四月，趙元任偕夫人第一次回中國訪問，受到周恩來總理接見。一九八一年六月，九十高齡的趙元任重訪中國，北京大學授予他名譽教授證書。

趙元任學的是數理，但精通樂理。名曲《教我如何不想他》即由劉半農作詞，趙元任譜曲。他一生成就是在語言學上，是罕見的語言學天才。他在《我的語言自傳》中說：「我的太太雖然是醫生，但是能說好幾種方言。我們結婚過後就定了個日程表，今天說國語，明天說湖北話，後天說上海話等等。」趙元任與語言和音樂有天生的緣分，因格外的興趣而影響到治學方向。他能說三十三種方言，還精通多國文字。他成為開闢中國現代語言學、語音學的前驅者。語言學家王力說過在趙元任之前，中國語言學其實只是語文學。

趙夫人楊步偉早在一九四七年就出版了英文自傳《一個女人的自傳》，由趙元任英譯。但趙元任直到一九六五年才開始以英文撰寫他早年自傳，只寫了三章，寫到他三十歲之前的生活。隨後趙元任又用中文寫出第一章。二、三章則由他人翻譯。

趙元任晚年開始整理他從一九〇六年開始不曾中斷的日記，打算繼續寫他的回憶，但未及寫出，於一九八二年二月二十四日在美國病逝，享年九十一歲。

（題照為胡適與趙元任）

一個文化人能夠留在歷史上的

是他的文化事業，

而他的官銜只是過眼煙雲。

最早的文化實業家

一九九七是商務印書館百年紀念，說商務不能不說王雲五。說王雲五也不能不說到商務，雖然王雲五後來官至國民黨「行政院」副院長，但人們記得他的還是他對商務也是對中國文化和出版事業的功績。

王雲五，字之瑞，號岫廬，廣東香山人，一八八八年生，當過中國公學的英文教員，教過胡適英文。但他沒上過大學，更沒留過洋，全憑自學成材。後來，胡適出了名，反過來把他介紹給張元濟做副手，任商務編譯所副所長。不久，高夢旦「讓賢」，請王雲五當所長，自己僅任出版部長。後來，為張元濟所賞識，成了商務的總經理，實際上的第一把手。

他就任商務編譯所長後，便雄心勃勃地改組編譯所，引進人才，擴大業務。「四角號碼」檢字法是他的發明，他主編過《王雲五大字典》和《王雲五小字典》，推廣四角號碼檢字法，名噪一時。現在商務版《辭源》後面還附有四角號碼檢字表。出《百科全書》也是他的創意。他原計畫翻譯英國和美國的《大百科全書》，可惜譯出部分錯誤太多，未能出版。沒想到這計畫一擱竟是半個世紀，到八十年代後期《不列顛百科全書》才在上海出版。他的另一個宏大規劃《萬有文庫》倒是很成功，古今中外名著，包括科普讀物，應有盡有，灰色封面，統一開本，先後出了上千種。文庫規模和在出版史上的影響可謂空前未有。後來他辭去所長職務後，還

專門主編這套文庫，可見他對這項事業的重視。當時商務還有《東方雜誌》等十七個期刊、函授社，還有中外聞名的東方圖書館、涵芬樓藏書處。商務在他手上達到鼎盛時期，其規模和組織的龐大齊全，現在也沒有哪家出版社可與其相比。

王雲五重返商務是受命於危難之時。「一．二八」抗戰中，商務總廠和東方圖書館被日軍炮火炸毀。他任總經理重整旗鼓。王雲五以「為國難而犧牲，為文化而奮鬥」兩語作復興的標語，用大字懸掛在大門口，只三個月，商務就恢復到每日出新書一種。但經他五年苦心經營的商務在「八一三」事變時再度遭日機轟炸。後來在他主持下商務撤退到長沙、重慶。這是他毅然挑起商務第三次復興的重擔。幾個月後，他宣布，重慶商務再度恢復到日出新書一種。

後來，他棄文從政，出任過經濟部長和行政院副院長，發行金圓券是他企圖力挽狂瀾於既倒的一個計畫，無奈當年金融局勢與國民黨軍的戰局一樣兵敗如山倒，他無回天之力而成眾矢之的，只得辭職。這位文化實業家在仕途上走了麥城。再後來去了台

王雲五在商務印書館工作

王雲五在台北寓所

灣。他當過「高等考試典試」委員長，還當過幾年「行政院」副院長，不過都是閒職，後來他堅決引退，以七十七歲高齡重返出版界，再掌台灣商務印書館董事長。當時台灣商務常年虧損，處境十分困難。王雲五大刀闊斧，重振雄風，第二年營業額即翻了十倍，九年後，資本額增至一千萬元。當時台灣島內資本在一千五百萬元以上的工商企業只有四五家。台灣商務的迅速崛起可謂奇蹟。人們不能不佩服王雲五這位文化實業家的雄才大略。

王雲五重掌台灣商務之後，便開始編輯出版他五十年來的文集，同時，七年裡寫了二十五本書。他的回憶錄《岫廬八十自述》長達一百二十萬字。一九七七年，王雲五九十歲生日時又推出五十萬字的《岫廬最後十年自述》，學生們勸他不要用「最後」這不吉利的書名，他坦然一笑。

一個文化人能夠留在歷史上的還是他的文化事業，而他的官銜只是過眼煙雲。王雲五與張元濟一樣是中國現代史上最早的文化實業家，他們最早把文化產業化，而且達到了相當的規模。我們今天還要談論他們，是因為現在比當年需要更多的文化實業家，而不是文化官員，我們的文化事業才能蓬勃發展。

一位美國學者研究錢穆，就是

把他的故鄉七房橋看作他

一生堅持中國傳統文化精神的「源泉」。

七 房橋的世界

在學者中未經大學深造而成為大學教授而成為國學大師者，大概只有梁漱溟和錢穆兩人，他們的學術生命都超過九十歲，但他們的學術道路和生活經歷卻迥然各異。

錢穆出生於世代書香人家，曾祖父是前清舉人，一生不為官。祖父為秀才，閒居鄉里。家雖清寒，但父輩昆仲皆好學之士，兄弟感情彌篤，琴棋書畫，高山流水，其樂融融。他晚年的回憶錄中描繪了這個本世紀初江南小鎮淳厚的民俗。仕紳與鄉民和睦共處，聚資義莊，救貧恤孤，散財辦學，傳接禮教。一位美國學者研究錢穆，就是把他的故鄉七房橋看作他一生堅持中國傳統文化精神的「源泉」。

錢穆中學畢業後中止學業是為了分擔家庭責任，他在家鄉的幾個小學教書，一邊自修苦學。

二十年代初，哲學與玄學的討論中，錢穆著文論述，引起魯迅的注意。據說他一九二二年應聘去集美學校授課與魯迅的推薦有關。在蘇州中學的四年，他學術上突飛猛進。他寫《先秦諸子繫年》，體系宏大，考辨詳慎，窮數年之力，幾易其稿，被公認為清代考證諸子之學的總結。書中還考據出「老子」並非實有其人，而是由多種傳說糅合逐漸成形的，只能說是一種學說流派的代表。

在蘇州中學，他初識胡適和顧頡剛。錢穆與胡適初次見面不愉快，他後來回憶中說：「以後余亦終不與適相通問。」而錢穆卻為顧頡剛所賞識，「君似不宜在中學教國文，宜去

大學教歷史。」顧頡剛約他為《燕京學報》撰文，錢穆寫了《劉向歆父子年譜》，與顧頡剛見解不同，顧頡剛恢宏大度，並不介意，學報全文發表，並與郭紹虞教授一起聯名推薦錢穆到燕京大學任教。顧還稱錢為奇才。《劉向歆父子年譜》是錢穆成名之作，文中提出了新舊儒學的分界線，使他一時名震史學界。

後來，錢穆轉到北京大學教歷史，也是顧頡剛的推薦。錢穆在學問上與新文化運動分道揚鑣，但是他公正地感謝是新文化運動的中堅人物提攜了他。

當時北大歷史教授都講斷代史。胡適主張講通史，並率先開課。顧頡剛提議錢穆也講通史。胡適擅於議論，錢穆長於史料，各有千秋。這種開創性的工作，沒有充分的學養和執著的意志很難做到。他的治學不懼權威，更不隨波逐流。梁啟超是他敬重的前輩學人，但他對梁啟超的《中國近三百年學術史》有許多不同看法，他敢於不避忌諱，同樣以《中國近三百年學術史》為題開課，闡述自己的觀點。

「一二‧九」運動爆發，他的侄子錢偉長騎自行車南下宣傳抗日，在南京被捕。從不過問政治的錢穆多方奔走營救，清華大學校長梅貽琦出面交涉，終於獲釋。錢偉長進清華大學是錢穆的建議，他在清華的生活費也全由錢穆提供。

抗戰勝利後，錢穆沒有回北大，主要是和胡適意見不合。他應榮德生之請回家鄉任江南大學文學院院長。

一九四九年，他隻身去香港，留下幾十年積聚起來的五萬部二十萬冊書。他去香港創辦了以弘揚中華文化為宗旨的

錢穆攝于1962年

新亞書院，起初備嘗艱辛，租了幾間房，白天作課堂，晚上作寢室，睡在地板上。余英時就是新亞書院第一屆三個畢業生中的一名，余英時後來說，如果沒有遇到錢先生，他以後四十年的生命必然是另外一個樣子。

錢穆得到友人資助，擴大校舍，延聘教師，漸漸聲譽日隆。以後，新亞書院納入香港中文大學。

錢穆曾去美國、西歐諸國講學。一九六七年定居台灣。一九八○年，他在大陸的子女才去香港與他敘天倫之樂。一九九○年病逝，遺言歿後安葬故鄉七房橋。

錢穆畢生著述等身，多達七十六部，經史子集皆精通。傳記文學唯有一部《孔子傳》。

口述歷史的歷史

如果追溯口述歷史的歷史，則古已有之，

《論語》即孔子口述，由弟子記錄成書的。

《史記》中的列傳大半也是根據口述史料寫成的。

顧維鈞是世界第一流的外交家，舉世聞名的國際政治家。他從民國元年二十五歲在美國哥倫比亞大學獲得博士學位回國，出任外交部和袁世凱大總統的機要秘書起，幾度入閣「拜相」和出任「欽差大臣」，直到一九六七年近八十高齡，自海牙國際法庭大法官任上退休為止，盤旋於中國政治最高階層先後五十餘年。可謂一生顯赫，充滿傳奇。他的傳記是現代中國的一部外交史。

談到《顧維鈞回憶錄》，必先說到現在已經開始流行起來的「口述歷史」方法。

「口述歷史」這個名詞最先是由美國學者列文斯在第二次世界大戰後首創的。那時，錄音機剛發明，為口述歷史方法提供了物質條件。列文斯的口述歷史計畫的對象首先是美國要人，同時也包括二次大戰中跑到美國去的歐洲知名人士。這些知名人士因各種原因靠他們個人力量完成回憶錄非常困難，列文斯便首創了這種傳主口述學者記錄整理的方法。當然，不是簡單的整理，而要加工印證補充。這項計畫由哥倫比亞大學出面集資組織，結果非常成功。

中國革命勝利，國民黨中的大批要人紛紛移居美國，其中包括胡適、李宗仁、孔祥熙、陳立夫等等。於是，哥倫比亞大學擬就了一個「中國口述歷史」計畫，並組建一個研究室，但只有唐德剛先生和夏小姐兩位工作人員。這應當說是中國當代口述歷史的開始。夏採訪孔祥熙和陳立夫，唐採訪

胡適和李宗仁。後來，夏被派去採訪顧維鈞，剛開了頭，又為唐德剛接手。從一九一二年寫到顧維鈞出任駐英大使，這二十幾年是顧維鈞一生中最精彩最重要的時期。唐德剛除了記錄口述外，還查閱了顧維鈞保留的卅七箱檔案文件和卅五年英文日記進行校訂。唐德剛一九六二年離開口述歷史室，他的工作由兩位博士研究生接手，所以，有人說《顧維鈞回憶錄》是由四位博士生寫成的（其實只是三位博士生，夏只是碩士）。這部書歷時十七年之久，最後成稿有一一○○○餘頁，做成縮微膠卷存在哥倫比亞大學。當時擬定這個計畫的目的不是為了出書，僅僅是為了保存史料。可見有識之士對於史料的重視，這在西方有悠久的傳統。

說當代中國口述歷史，不能不多說幾句唐德剛先生。他一個人完成的《胡適自述》和《李宗仁回憶錄》以及與人合作的這部《顧維鈞回憶錄》，可以說是當代中國口述歷史最早、最重要也最有影響的作品。他後來成為民國史專家與早期的這段工作分不開。他的力作《胡適雜憶》是十分難得的歷史文學作品。胡適聽了他的建議，從美國回到台灣後，在台北中央研究院裡成立了口述歷史部門。大陸的口述歷史作品則是近十幾年的事情。

如果追溯口述歷史的歷史則古已有之。《論語》即孔子口述，由弟子記錄成書的，《史記》中的列傳七十篇大半也是根據口述史料寫成的。

再回到顧維鈞，中國初返聯合國時，毛澤東曾特意要章含之去拜訪顧維鈞。章含之回北京第二天，毛澤東立即要聽

她的匯報，而且詢問得非常仔細。可見毛澤東對這位老人的重視。

一九七九年前後，一批中國學者訪美時去拜訪顧維鈞，顧說起他有一部英文回憶錄。這位九十一歲的老人將回憶錄英文稿交給中國學者，希望能夠譯成中文出版。於是，我們才有幸看到這部長達五五〇萬字的多卷本的回憶錄。這是中國人所寫的最長的一部回憶錄。

「我的職業是一個教書，

我的朋友永遠是那麼幾個，

我的女人永遠是那麼一個。」

個純粹的文化人

朱自清，原名自華，為不隨俗合汙，改名自清。

朱自清是以新詩作為走向文壇的見面禮的。他的詩樸實雋永，也有「磅礡鬱積，在心裡盤旋迴盪，久而後出」的時代強音，如長詩《毀滅》，在青年中引起強烈共鳴。鄭振鐸對朱自清的新詩評價極高：「朱自清的《蹤跡》是遠遠超過《嘗試集》裡的任何最好的一首。」

但朱自清在詩壇上發出這一聲長嘯之後，竟戛然而止，毅然退出詩壇，轉向散文創作。在五四時期文言白話之爭過程中，反對白話文者有一個觀點，即認為白話文可以入詩入小說，卻不能寫散文。朱自清散文創作的成功，使反對白話文者的觀點不攻自破。

朱自清的散文獨領儒雅風騷。有人評論說他風華從樸素中來，幽默從忠厚中來，腴厚從平淡中來，文如其人。

朱自清，江蘇揚州人，他的祖父、父親都是小官吏，封建士大夫的血液從小就在他血脈中流動，家庭的傳統教育形成他平和淡泊的氣質。孫伏園回憶說：「佩弦有一個和平中正的性格，他從來不用猛烈刺激的言詞，也從來沒有感情衝動的語調。雖然那時我們都在二十左右的年齡。他的這種性格近乎少年老成，但有它在，對於事業的成功有實際的裨益，對於紛歧的意見有調解的作用，甚至他一生的學問事業也奠基在這種性格。」

朱自清對自己也有過一個簡單明瞭的概括：「我的職業

是一個教書；我的朋友永遠是那麼幾個，我的女人永遠是那麼一個。」五十年生涯，他的人生軌跡平靜簡單清晰，而且短促。

但是，在那個苦難悲憤的時代，連平和淡泊老成持重的朱自清也會充滿悲憤發出呼喊的。他有著強烈的濃重的愛國民族情緒，有時似乎到了神經過敏的地步，這種情緒發展到最後，晚年身患重病而不吃美國救濟糧可以說是完全必然的。但他死後成了「民族英雄」、「革命烈士」和「歷史巨人」可能是他沒有想到的。因為他只是個純粹的文化人，是「最有良心的好人與學者」（鄭振鐸語），具有「最完整的人格」（李廣田語），是「歷史中所稱許的純粹君子」（沈從文語）。

他前期以詩人和散文家聞名，後期以學者和教育家行

世。他作為有良心的教育家，為青年所愛戴，又能夠在青年的熱情裡前進，他始終沒在大時代的隊伍裡走錯步伐，他的精神永遠年輕。

因為散文的盛名，他作為學者的功績往往為人疏忽。他長年執著於傳統文化遺產的整理工作，即使在烽火縱橫的艱難裡，他仍然把生命功夫投入到這種文化繼承中。他不具備大學問家的氣概，卻給後來者以把臂入林的方便。他的《經典常談》、《詩言志辨》、《十四家詩鈔》等至今仍是青年學子的入門經典。

《李賀年譜》在朱自清學術著作中不為人注意，是他唯一的傳記作品，是以考據為主的年譜。這部年譜不僅為李賀記年記事，而且引當時諸大家旁證參照，展現了一幅盛唐的文化風貌。全傳只二萬二千字，廣徵博引，考辨搜討，每一事每一句都有出處，都無虛言，足見他做學問的嚴謹與考據的功夫，是年譜中少見的精品之作。

歷史是昨天的新聞，

新聞是明天的歷史。

對人民負責，也應對歷史負責。

者與傳記

蔣百里為民國初年著名的軍事戰略家，後為蔣介石的軍事顧問，官拜陸軍大學代理校長。他的一生，從文學、歷史到軍事，研究範圍很廣，著述豐富，代表作首推《國防論》。他對日本侵略中國早有預言，並對這場戰爭的性質和前途作了充分的估計，他的種種預測為後來的歷史所證實，可惜他在抗日戰爭之初因病去世。陶菊隱謂：「死非必死之病，時非可死之時，年非應死之年。」

陶菊隱與蔣百里為忘年之交。一九三四年，陶菊隱經常在《新聞報》上發表有關國際問題的論述，引起蔣百里的注意，以後兩人經常交往，引為知己。一九三八年八月，蔣百里從歐洲考察軍事回國，向蔣介石匯報出使德義經過。蔣介石感到國際形勢重要，而國內研究國際問題的人卻太少。蔣百里向他推薦陶菊隱，蔣介石表示願意一見。蔣百里就以有要事相商為由函邀陶菊隱前往內地。陶菊隱見到蔣百里得知此事，不願見蔣介石。蔣百里保證他見過一面便可回上海。蔣介石詢問他對歐洲局勢的看法。蔣介石是主張東西戰爭合流的。陶菊隱直抒己見認為不可能合流。蔣介石想留他在身邊做幕僚，他不願意，回到上海仍做他的記者。

陶菊隱，湖南長沙人，出生於戊戌變法那一年，一九一二年參加長沙《女權日報》，一九四一年退出上海《新聞報》，前後當了三十年記者。

陶菊隱只讀過中學。他十二歲那年還在讀小學，就寫了

一篇五百字的小說《去年今日》投寄當時上海四大報之一的《時報》。進入中學後，又因為寫了一篇《飯桶先生傳》的遊戲文章觸怒了國文老師被迫退學。他入學無門，家庭遠離，為生活所迫，不得已走上新聞工作這條坎坷不平的人生道路。

在朋友的推薦下，陶菊隱先後進入長沙《女權日報》、《湖南民報》、《湖南新報》，主辦過《湖南日報》，尤其是做了上海《新聞報》記者之後，經常奔走於各大城市，進出於侯門官邸，周旋於社交場中，甚至深入戰地火線，成為叱吒一時的著名記者。

徐鑄成

陶菊隱雖然與蔣介石有過一些聯繫，但在抗日戰爭勝利之後，看出蔣介石與人民為敵卻想一手掩盡天下人耳目，終於走上了反蔣的道路。

一九四一年，他退出《新聞報》之後，還斷斷續續為北京、上海、香港的報刊寫過稿件，並且還撰寫了不少史書和傳記，

如《北洋軍閥統治時期史話》、《六君子傳》、《天亮前的孤島》等。《蔣百里傳》是陶菊隱一九四二年時的舊作，由於他與蔣百里的特殊友誼，使這部傳記為研究蔣百里和了解中國現代軍事史的必讀書。四十年後，陶菊隱以八十高齡對這部舊作加以訂正和補充，就是我們現在看到的這部新作。他以自己親身經歷寫出的這些史傳與一般史學家的著作不同，為研究這一時期的歷史提供了不少鮮活的寶貴的史料。這是記者寫傳記的特色。

外國著名記者退出報壇之後，大多從事傳記或回憶錄寫作，留下許多重要作品。我國老一輩記者，如徐鑄成、陶菊隱諸先生晚年都寫了大量作品，甚至他們晚年作品的質量和數量超過在記者崗位時的作品。徐鑄成在《大公報》和《文匯報》任記者和主筆時，只出過一本書。晚年卻一發不可收，接連出了十幾本書，包括三部傳記《張季鸞傳》、《哈同傳》、《杜月笙傳》和一部回憶錄。我在編雜誌時向徐先生約過稿。我很佩服他似乎有寫不完的東西。徐先生自稱報人。他寫過一段很精彩的論述：「我國近代新聞史上，出現了不少名記者，有名的新聞工作者，也有不少辦報有成就的新聞事業家，但未必都能稱為報人。歷史是昨天的新聞，新聞是明天的歷史。對人民負責，也應對歷史負責，富貴不淫，威武不屈；不顛倒是非，不譁眾取寵，這是我國史家傳說的特色。稱為報人，也該具有這樣的品德和特點罷。」「報人」是他一生追求的最高境界。他所說的「我國史家傳統」和歷史與新聞的關係是作為一個報人對傳記文學的獨到見解。我們

從他晚年的回憶錄裡可以找到印證。然而，在他們之後的新聞工作者退休之後，卻都感嘆腹中空空，苦惱寫不出東西。這是很值得研究的現象，反映了當代新聞工作的許多問題有待改革。

（題照為蔣百里）

對歷史上的奇人異行有不同的
認識本是正常的學術討論，
但對《武訓傳》的批判則成了一場政治運動。

張默生的《武訓傳》

被陶行知、董必武、馮玉祥譽為「千古奇丐」的武訓是清末山東堂邑（今山東冠縣）柳林鎮武莊人。他以乞丐之身，靠乞討斂金，先後興辦柳林、楊二莊、臨清三處義學，成為舉世聞名的行乞興學的平民教育家。然而在他生前死後，人們對他卻褒貶不一。對於歷史上的奇人異行有不同的認識本是正常的學術討論，但一九五一年對電影《武訓傳》和武訓的大批判則成了一場政治運動。這是解放以後針對知識分子的第一場思想批評運動，從此，學術討論為政治批評所替代，一百年前的武訓成了第一個替罪羔羊。

武訓研究者李士釗先生曾把各種版本的武訓傳收集起來出版，他在序言中說：「張默生先生所著《義丐武訓傳》為武訓傳中最豐富之一篇。」《義丐武訓傳》首發於重慶出版的《時與潮》副刊，後來收入張默生所著《異行傳》第一集，陶行知提議，武訓是一個平凡偉大的老百姓，不應列入異行傳中，張默生應陶行知之請，乃再由東方書社出版《武訓傳》單行本，並附有豐子愷插圖二十幅。第二年，張著《武訓傳》即譯成英文、法文和俄文三種版本，可見這部傳記在當時影響之大。

張默生，山東臨淄人。因家庭無力供學，他上中學二年半即輟學，先後做過傭工，任過謄寫等。一九一九年考入北京高師，先學英語，繼轉入國學部。畢業後任教於湖南省立第一師範，又受聘於齊魯大學。一九二七年因觸犯軍閥張宗

昌，遭到通緝，改名易姓，假裝神經病，躲進青島的德國醫院，隨後亡命朝鮮。抗戰時期，攜眷入川，任教於重慶大學和復旦大學。解放後，在四川大學講授古典文學，一九五五年任川大中文系主任。一九五七年錯劃為右派，一九七九年改正，但同年九月二十四日即病逝，享年八十四歲。

張默生幼承家學（其父為前清舉人），對舊學和新文藝、佛學和西洋文化都下過工夫，涉獵甚廣，對傳記文學尤有研究。他曾談到寫傳記作品的緣起：「由入川後種種奇蹟的發現，觸動我半生來得知的奇人奇事，便想用我的拙筆，傳述這些奇人奇事於世間；又因我一向是酷嗜傳記文學的，就更引起我的技癢，於是《異行傳》便開始動筆了。」

張默生傳記作品中的人物，「在奇異的行為上要具有一種至性，才可以入選」。另外，這些人物雖然不見經傳，但都是他熟悉的，如《苗老爺傳》中的苗子久，《瘋九傳》中的瘋九，都是他父親的朋友，《鳥王張傳》、《異僕傳》中的人物都是他自己的朋友，他與他們交往甚久，觀察詳細，材料積累豐富，寫起來如談家常，親切動人。這是張默生傳記的特點。

《義丐武訓傳》雖係輯錄，但旁搜博採，慎重取捨，他所補充的一些材料也較為珍貴，武訓傳的版本雖多，但人們首推張默生。

「我有魯迅、蔡元培先生這樣兩位知己，

一生總算沒有白過。」

嚴師與諍友

許壽裳對子女說過，他一生深受嚴師與諍友的影響。嚴師是指章太炎和宋平子，諍友則指蔡元培和魯迅。他的一生事蹟與著述都與這四個人分不開，尤其是魯迅。

許壽裳，字季黻，號上遂，浙江紹興人。一歲喪父，由長兄壽昌（即魯迅早年日記中的「銘伯先生」）課讀。一八九九年進杭州求是書院，認識了晚清啟蒙思想家、求是書院漢文總教習宋平子，從宋問業。首次作業，題曰《言志》，言志在汲取新文明，推翻舊制度，以救中國。文中有「二千年之專制，痛甚西歐；廿世紀之風潮，定來東亞」等語，宋平子在句旁加了密圈，大為獎許，為其得意門生。經宋平子介紹，許壽裳又認識了蔡元培。

一九○二年秋，他以浙江官費派往日本留學，初入東京弘文學院預備日語，與魯迅相識，結為終生摯友。他們的友誼是從率先剪辮子開始的。魯迅拍了一張斷髮照，並在背面題了一首詩贈給許壽裳：「靈台無計逃神矢，風雨如磐闇故園。寄意寒星荃不察，我以我血薦軒轅。」

一九○六年起，連續三年，每個星期日上午與魯迅等人前往《民報》社聽章太炎先生講學，尊太炎先生為師。章太炎去世，他寫了一篇《紀念老師章太炎先生》，中間引先生「以佛法救中國」之言。魯迅看了不以為然，由此觸發而寫了那篇著名的《關於太炎先生二三事》。

一九○九年四月，許壽裳歸國，在杭州浙江兩級師範學

堂任教務長，這是他服務於教育界的開始，以後成為他終生的職業。是年秋，魯迅返國，即由許壽裳推薦到浙江兩級師範學堂任生理學和化學教員。民國元年，臨時政府成立，蔡元培任教育總長，許壽裳是首批幾位被聘任的部員之一，他旋即向蔡元培推薦魯迅。兩人晝則同桌辦公，夜則聯床共話，長期同就職於教育

一九〇九年攝於日本東京，後立者：許壽裳。前左：魯迅。

部，以後又同執教於各地，不時見面，信函頻繁，情同骨肉。許壽裳逝世後，許廣平寫的悼念文章裡深情地說：「許先生不但當我是他的學生，更兼待我像他的子姪。魯迅先生逝世之後，十年間人世滄桑，家庭瑣屑，始終給我安慰，鼓勵，排難，解分；知我，教我，諒我，助我的，只有他一位長者。」

　　許壽裳不但是著名的教育家，也是一位有成就的文學家。他寫得最多的是魯迅。魯迅去世後，他不畏風險，宣傳魯迅的思想、生活和業蹟。他所著的《魯迅的思想與生活》、《亡友魯迅印象記》、《我所認識的魯迅》等書，文筆淳樸，

親切動人，在海內外廣泛流傳，為魯迅研究者必讀，是有關魯迅的重要文獻。

他的《章炳麟》是國內第一本章太炎評傳，一九四五年在重慶出版，印數不多，絕版已久，很難看到，是許壽裳最重要的傳記作品之一。

他原計畫要寫《蔡元培傳》，正準備動筆，而不幸辭世。

一九四六年他應老同學陳儀之邀赴台灣，任省立編譯館館長，次年編譯館被裁撤，改任台灣大學中文系主任。一九四八年二月十八日深夜在寓所熟睡時被殺害。一代師表，飛禍慘遭，舉世哀悼。

就在他被害前不久，許壽裳對兒子說：「我有魯迅、蔡元培先生這樣兩個知己，一生總算沒有白過。」作為魯迅和蔡元培的摯友，他是無愧的。

能否跳出這個周期率

我們已經找到一條新路，

我們能跳出這周期率，

這條新路就是民主。

黃炎培是我國著名的政治活動家。

黃炎培是我國著名的政治活動家。

黃炎培，上海浦東川沙人。出生於窮苦沒落的知識分子家庭。曾鄉試中舉，在蔡元培影響下，決計辦學以喚醒民眾掃除愚氓。一九○三年他在川沙辦起小學堂，反對封建，宣傳清廷腐敗，幾被清廷所殺，亡命日本。回國後又辦起著名的浦東中學，終生從事職業教育事業。

一九○六年，經蔡元培介紹加入剛成立的同盟會，繼蔡元培任上海幹事，投身辛亥革命。又參加倒袁運動。

一九三一年春赴日本考察，歸國後帶著「日本即將侵我的預感」多方奔告，到南京找到外交部長王正廷，王竟大笑說：「如果黃某知道日本要打我，日本還不打哩！如果日本真要打我，黃某豈能知道？」同年，「九一八」事變爆發。

一九四○年，黃炎培與張君勱、左舜生、梁漱溟等發起成立「中國民主同盟」。一九四五年又與胡厥文、章乃器等成立「民主建國會」。走中間路線，想在國共之間調停，達到和平、團結、民主、建國的目的。

一九四五年七月，黃炎培與褚輔成、傅斯年、章伯鈞等人訪問延安。這成為黃炎培一生中的重大轉折點。「延安五日中間所看到的，當然是距離我理想相當近的。」他因而認識了共產黨。回重慶後寫成的《延安歸來》宣傳了共產黨在解放區的成就，暢銷一時，前後共印行了十幾萬冊。這不能不觸怒國民黨而造成特務抄家搜查的暴行。

《延安歸來》中有一段他與毛澤東著名的對話是研究中國當代史的經典論語：

「有一回，毛澤東問我感想怎樣？我答：我生六十多年，耳聞的不說，所親眼看到的，真所謂『其興也浡焉』，『其亡也忽焉』，一人，一家，一團體，一地方，乃至一國，不少不少單位都沒能跳出這周期率的支配力。……一部歷史，『政怠宦成』的也有，『人亡政息』的也有，『求榮取辱』的也有。總之沒有能跳出這周期率。中共諸君從過去到現在，我略略了解的了，就是希望找出一條新路，來跳出這周期率的支配。

「毛澤東答：我們已經找到新路，我們能跳出這周期率。這條新路，就是民主。只有讓人民來監督政府，政府才不敢鬆懈。只有人人起來負責，才不會人亡政息。」

黃炎培一生堅拒做官。袁世凱和以後的北洋政府曾幾次電召他赴京任教育總長，他堅辭不就。袁世凱曾無可奈何地給他八個字：「與官不做，遇事生風。」蔣介石先是通緝他，逼他出亡，後又拉攏他，封官許願，他都堅拒。一九四七年國共和談破裂，民盟轉入地下，他不得不在地下黨協助下，轉移到解放區。他的兒子黃競武在上海解放前夕被國民黨逮捕慘殺。

新中國成立後，經周恩來動員，打破平生不仕的慣例，以七十高齡出任中央人民政府政務院副總理兼輕工業部部長，可見他當年對毛澤東的許諾深信不疑，一九六五年在人大副委員長任上逝世。

充
滿鄉土氣味的自傳

他遠遊四方，

自稱「五出五歸」，

他三度變法，

都是獨創一格。

齊白石口述，他的門人張次溪記錄的《白石老人自述》，據張次溪說，最後小部分是白石親筆所寫。全篇樸素無華，充滿鄉土氣味。

白石出生在清朝同治二年（1863年），湖南湘潭縣的農家。一畝水田，幾間破屋，供五口之家。他七歲便牧牛砍柴，十二歲跟父親扶犁種田，跟叔父學木匠，鄉人稱「芝木匠」(因白石名純芝)。他好學不倦，每天停工的夜晚都用松節點火讀書習畫，到二十七歲才正式得師指點。他的好學受到同鄉胡沁園賞識，令他讀書；而胡家所藏名人書畫頗多，日與觀摩，白石天才穎悟，詩、書、畫從此猛進。他三十歲後作畫漸有名聲。「鄉里人都知道芝木匠改行做了畫匠，比雕的花還好。」他對於胡沁園的提攜終生不忘，他說：「他老人家不但是我的恩師，也可以說是我生平第一知己。」

他三十九歲以前的畫以工筆為主，後改以自然為師，草蟲特別傳神。他在家裡一直養著紡織娘、蚱蜢、蝗蟲、蟋蟀、蜻蜓之類，時時觀摩體會。

他四十歲後開始遠遊四方，自稱「五出五歸」，遍遊祖國大好河山。自此他的畫受了眼高心闊的影響，漸變風格，走上大寫意的一派。

黎戩齋有記白石文說：「翁作畫，先學宋明諸家，擅工筆，清湘（大滌子，石濤）、癭瓢（黃慎）、青藤（徐文長），得其神髓。晚乃獨出匠心，用大筆，潑墨淋漓，氣韻雄逸。」

一九一七年後，白石移居北京，以賣畫為業，時人不喜好他的大寫意畫，他聽信友人陳師曾勸告，改變畫風，獨創紅花墨葉的兩色花卉，與濃淡幾筆的蟹和蝦，一時名聲大噪，洛陽紙貴。

白石老人曾三度變法，都是獨創一格。所以他說：「吾畫不為宗派拘束，無心沽名，自娛而已。人欲罵之，我未聽也。」

「七・七」事變，日本人進北京。白石便拒絕賣畫給日本人與漢奸，他在門口張貼告白：「畫不賣與官家，竊恐不祥。」北京的偽機構強迫他宣傳什麼「中日共榮」，他堅決不允，被扣留三天。他寫下「子孫永不得做日本官」的遺言，表示抗拒到底。後有人保釋回家，他又在大門口貼出停止賣畫的告白，從此閉門不出，表現了崇高的民族氣節。

新中國成立之初，一九五○年夏天，毛澤東派車把白石接到中南海。這兩位湖南湘潭人，言語相通，鄉音入耳，談得非常愉快。白石回家對兒子說：「太陽出在湖南！」這是當年一位藝術大師對領袖的樸素感情。

一九五六年世界和平理事會決定授予齊白石國際和平獎金。九十四歲的白石老人在授獎會上非常激動，說：「這是我一生至高無上的光榮」。他把五百萬法郎的獎金拿出一半作為「齊白石國畫獎金」，用於獎勵後進。

一九五七年十月十六日，白石病逝，世人稱九十七歲，其實九十五歲。因為早年有人替他算命，說他「七十五歲這一年，脫丙運，交辰運，美中不足，有大災難，宜用瞞天過

海法，口稱七十七歲，逃過七十五歲這一關。」自此以後，
白石記載他的年齡自己增加了兩歲。

生亦其時，死亦其時

他突然去世留下的還是完美的形象，

當時許多人都覺得惋惜，

但焉知不是一種幸運。

梅蘭芳《舞台生活四十年》首先在《文匯報》副刊連載。這個選題是由《文匯報》提出來，而《文匯報》的設想與梅蘭芳不謀而合。

早在十幾年前就有朋友提議梅蘭芳寫這部書，但他無暇顧及。一九四二年，他從香港到上海，又有人舊事重提，使他感到有寫這部書的必要。一九五〇年六月，他和許姬傳住北京遠東飯店，一次偶然的閒談中決定了他們以後的寫作計劃。許姬傳從一九三一年梅蘭芳南遷以後一直和他合作，為他做文字工作。梅蘭芳從北京返上海，恰逢黃裳前去約稿，雙方一拍即合，於是《文匯報》促成了這部拖延了十幾年的回憶錄的誕生。

這部回憶錄的寫作，是由梅蘭芳口述，許姬傳筆記，稿成之後寄許姬傳的弟弟許源來，由他和幾位梅蘭芳的老朋友斟酌取捨，編整補充，最後交

四大名旦攝於一九四九年十月三十日，左起：尚小雲、梅蘭芳、荀慧生。前：程硯秋。

梅蘭芳與卓別林

黃裳校看發表。梅蘭芳後來在前記裡說，每夜回到旅館就與許姬傳長談，往往通宵達旦。南北往來，起初頗以為苦，漸漸成為習慣，也都感興趣了。

在《文匯報》連載後，立即引起各方關注，反應強烈。潘伯鷹寫信給《文匯報》總編輯徐鑄成，說：「此乃近日罕見之佳著，不僅以資料名貴見長，不僅以多載梨園故實見長，其佈置之用心與措辭之方雅，皆足見經營之妙。且其敘次之中，尤富教育意味。」梅蘭芳讀到此信後引為知音。

梅蘭芳生於一八九四年，幼年失去父母，長在梨園世家。祖父梅巧玲為「同光十三絕」之一，伯父梅雨田為名琴師，幼時還受到名武生楊小樓的關照。他九歲學戲，習青衣。十一歲登台，十六歲便聲名鵲起，二十歲唱紅京、津、滬舞台。到二十年代就創造了名至實歸的「梅派」，確立了旦行的領銜位置，形成了以「看戲」取代以往「聽戲」的審美習俗，完成了譚鑫培的未竟之志，成為程長庚之後京劇的又一宗師。

三十年代初，梅蘭芳南遷上海，到一九四九年返回北京，他大半處於寂寞和痛苦狀態，但這寂寞和痛苦深化了他的藝術。一九四九年後，他更著重藝術的普及和深化。

　　梅蘭芳二十幾歲就成為一代宗師，領幾十年風騷，因為天時地利人和。他多方面的興趣修養，和師友虛心切磋使他得益匪淺，尤其是齊如山的幫助對他完善梅派藝術作用不小。齊如山，清末同文館出身，庚子亂後曾經商，辛亥前後兩赴歐洲，看了不少西方戲劇。所以他後來幫梅蘭芳編戲和研究戲藝時，始終秉承傳統又帶著新眼光。他為梅蘭芳編戲二十幾種，並籌劃了梅蘭芳的遊美之行。他先後在北京成立國劇學會、國劇陳列所，出版戲劇報刊、國劇畫報，還開辦國劇傳習所。他對京劇研究和史料搜集工作都是第一等的。真正把國劇理論納入學術之林，他是第一人。他晚年的回憶錄保存的史料也彌足珍貴。梅齊合作二十多年，一九四九年分手，一個北上京華，一個南下台灣。兩年以後梅蘭芳寫這部回憶錄，談到

五十年代的梅蘭芳。

齊如山，難免有些顧慮，但齊如山的作用，京劇史上應該記上一筆。

　　梅蘭芳生亦其時，死亦其時，一九六一年突然病逝，年僅六十七歲。就在逝世前一兩個月，他還在唱戲，精神十分飽滿。他的突然去世留下的還是完美的形象，而且哀榮備至。當時許多人都覺惋惜，但焉知不是一種幸運。幾年後的「文化大革命」就是首先從京劇改革開刀的，而江青的所謂京劇改革與梅蘭芳薪火相傳的京劇發展顯然南轅北轍。梅蘭芳的尷尬處境可以想見，而後果則不堪設想，所以毋寧說他死亦其時。

畢生獻給傳記文學

「我死後，只要人們說一句：

我國傳記文學家朱東潤死了，

我於願足矣。」

在梁啟超、胡適大力提倡傳記文學之後，經過幾十年的積累，到四十年代，中國現代傳記文學已趨成熟。朱東潤可以說是第一位用畢生精力認真研究西方傳記文學、用現代方法進行寫作的中國傳記作家。他著述達千萬字，但他生前嘗言：「我死後，只要人們說一句：我國傳記文學家朱東潤死了，我於願足矣。」可見他對傳記文學的重視。確實，他的《張居正大傳》在中國傳記發展中具有極重要的意義。

朱東潤，江蘇泰興人，一九一三年赴英國留學，就讀倫敦大學，因讀鮑斯威爾的《約翰遜傳》而對傳記文學發生興趣。一九一六年回國，先後在武漢大學、中央大學、復旦大學任教。一九三九年以後，因看到國內傳記文學的落後，「於是決定替中國文學界做一番斬伐荊棘的工作」，把精力全部轉移到傳記文學上來，此後幾十年就一直以傳記文學的研究和寫作為主要工作。

朱東潤對中西傳記文學傳統作過系統的研究，最早向國人介紹了西方傳記理論。他在《中國傳記文學之進展》、《傳記文學之前途》等文章中提供了自己對現代傳記文學的系統看法。他認為傳記應結合史學與文學的特性而獨立存在。他主張西方現代傳記方法結合中國史學傳統，學術性較強而虛構的運用上較為謹慎的傳記。

朱東潤第一部也是最重要的一部傳記作品是《張居正大傳》（1945），他寫於抗日戰爭中，如許多學者一樣，他把眼

光轉向同當時形勢有某些類似之處的明代，他發現了張居正。他說：「我看到當時的國家大勢。沒有張居正這樣的精神是擔負不了的。我拋棄了我所眷戀的一切，就是為了尋找這樣的人物，但我失望了，我只能從過去的歷史追求。」在朱東潤筆下，張居正是個理想的政治家。他雖然沒有完全迴避張居正不光彩的一面，但都為之進行辯護和解釋。傳記中的內容，基本都有史實根據。他在序中稱「我擔保沒有一句憑空想像的話」。這是一部波瀾壯闊、氣魄宏大、思想精闢、議論縱恣的著作。在廣闊的時代背景上刻畫了一個具有獨特性格精明強幹的政治家形象。由於張居正基本上還是一種政治理想的化身，個性還不很鮮明。

繼《張居正大傳》之後寫成的《王守仁大傳》一直沒有機會出版，手稿在「文革」中遺失，實是傳記文學史上的憾事。

以後，朱東潤又寫出《陸游傳》、《梅堯臣傳》、《杜甫敘論》、《陳子龍及其時代》和《元好問傳》等，他筆下的傳主都是積極投身時代風雲的人物，他的作品都大氣磅礡，感情熱烈和發人深省。

朱東潤還有一部特殊的作品《李方舟傳》是為夫人鄒蓮舫女士寫的傳記。鄒蓮舫是善良賢淑的傳統婦女。在「文革」中不堪折磨，以死相抗。朱東潤在悲憤和寂寞中用假托的手法為與他共同生活四十九年的妻子寫下一部傳記。這是在特殊年代裡寫下的「尋常巷陌中的一位尋常婦女」的傳記，尤為值得重視。

一九八六年，朱東潤已九十一歲，健康狀況衰退，但他

仍不稍懈，開始撰寫他最後一部傳記《元好問傳》，他以頑強的意志支撐到最後一刻，傳記脫稿不久即病故。

從
皇帝到平民

中國共產黨的思想改造政策

最成功的典範是把中國末代皇帝

改造成一個普通公民。

中國共產黨的思想改造政策最成功的典範是把中國末代皇帝改造成一個普通公民，這被世界輿論公認為一個奇蹟。這個奇蹟還因為一本「奇書」而使全世界真正信服。這本「奇書」就是末代皇帝愛新覺羅‧溥儀所寫的自傳《我的前半生》。這本書一出版，即受世人矚目，在國內外引起轟動，並被譯成十幾種文字，風靡世界，歷時三十載而不衰，僅中文版就印到一百八十餘萬冊。

但當時，有的評論者就認為，此書絕非溥儀一人所寫，必定有一個「捉刀人」。還猜測這個「捉刀人」是位歷史學家。這是根據西方此類名人傳通常有「捉刀人」代筆的做法而下的判斷。當時，我們為了政治宣傳的需要而矢口否認，直到二十年之後，才公布真相。

確實，這部書的寫作和它的作者有著非常複雜和奇特的命運。

溥儀和他弟弟溥傑都是被蘇軍俘虜後

勞動中的溥儀。

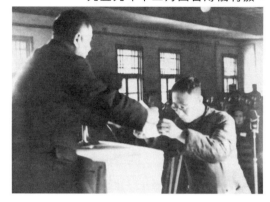

一九五九年十二月四日溥儀特赦。

移交過來關押在撫順戰犯管理所內，在改造認罪階段，戰犯們都努力總結自己的前半生，各自寫出一些認罪材料。溥儀不能動筆寫作，便由他口述，溥傑代筆撰寫了一本四十多萬字的回憶錄式的認罪書，題目叫《前半生》，寫他的家世，到他當上末代皇帝，到一九五七年為止的思想變化過程。此書經戰犯管理所油印，分送公安部和有關方面，引起領導們的關注。

一九六〇年一月，溥儀獲特赦返回北京。公安部決定所屬的群眾出版社編輯部主任李文達幫助溥儀整理這部書稿。兩人緊張工作了兩個月，整理出一部二十四萬字的書稿，但由於溥儀對許多事都已記不清也說不清，對一部傳記文學作品所必需的素材還非常缺乏，這一稿便失敗了。李文達認為這部書光靠溥儀個人的口述是遠遠不夠的，必須採訪大量溥儀周圍的人物，查閱大量歷史檔案，甚至還要到各重要現場實地觀察，重新構思，在大量占有原始材料基礎上耙梳剔抉，提煉成文，才真正有價值。

公安部有關領導同意了李文達提出的推倒原作、另起爐

灶的方案後，李文達經過四年多的努力，三易其稿，才寫成我們現在看到的這部書。他寫作使用的資料超過一噸，他所作的年表、大事記和各個人的傳略超過一百萬字。他對溥儀思想轉變過程的中肯分析令溥儀心悅誠服，認為正是他想說而說不出來的。一個末代皇帝、一個傳記文學作家在這本書的寫作過程中結為知交。溥儀曾寫了一首詩贈給李文達：「四載精勤如一日，揮毫助我書完成。為黨事業為人民，認罪立功寫新生。」表達了他的感激之情。

誰知到了「文化大革命」中，李文達因為這本書和他與末代皇帝的關係竟成了他的一條罪狀，被關進秦城監獄達六年九個月，身心受到嚴重摧殘，這是他寫此書時萬沒想到的。

直到一九八四年，也就是這部書出版二十年後，國家版權局才確認這部書是溥儀和李文達合作作品，李文達是合作者之一，並把事實真相公之於世。

（題照為一九一七年的溥儀）

周氏兄弟的離合成為中國
現代文學史上的一件大事，
他們的一舉一動牽連著整個文壇。

周作人晚年

周作人晚年，八道灣苦雨齋最早的海外來客是老友曹聚仁。他們相識三十多年，可謂「知己者」。一九五六年九月曹聚仁的造訪打開了周作人和香港及海外聯繫的通道，對周作人晚年生活有特殊的意義。

尤其是由此引出了周作人晚年最重要的一部著作《知堂回想錄》。

曹聚仁建議他為海外報紙寫文章，他覺得「題目難找」，「後來想到寫自己的事」。從一九六〇年十二月十日寫《緣起》開始，到一九六二年十一月三十日作《後記》，整整兩年時間，周作人寫了二百餘節、四十餘萬字。前後寄稿九十次，都經曹聚仁編發。但在發表和出書過程中也經種種挫折，當這部書印行問世，周作人已逝世三年了。

周作人稱「我的回想錄根本不是文人自敘傳」，也不是「盧梭和托爾斯泰的懺悔錄」，他「只知道據實直寫」。但他真正動起筆來，卻頗費躊躇，真的「凡事實即一律都寫」，他自知做不到。他在《後序》中承認他的回憶是有所選擇的，「過去有許多事情，在道德法律上雖然別無問題，然而日後想到，總覺得不很愉快，如有吃到肥皂的感覺，這些便在排除之列」。他對回想起來「不很愉快的事件」，如與魯迅的失和，投敵附逆和在獄中的經歷等等都是一筆帶過或根本不提。他晚年始終以平靜的態度對待自己那段不光彩的歷史，既不辯解，也不自責，與中國歷史上的投敵變節者晚年懺悔

三十年代的周作人

不迭的態度截然不同，表現了他性格中極端固執的一面。

回想錄也寫到辛亥革命、張勳復辟、五四運動、北伐戰爭等重要歷史事件，但他不寫其中尖銳複雜的矛盾衝突和歷史巨變，而只是以一個旁觀者的眼光敘述其中幾件小小的軼事，卻也勾勒了時代風雲。同樣，他也很少對他的同時代人作正面評價，而是通過簡練的筆墨和有趣的軼事揭示這些歷史人物的性格和心理。回想錄保持了他一貫的文風，親切自然，幽默風趣，如行雲流水。

周作人生於一八八五年，一九〇一年八月考入南京江南水師學堂，一九〇六年赴日本留學，與魯迅同住東京，學習日語，從事翻譯，創辦雜誌。留日時與日本女子羽太信子同居，一九一一年秋兩人一起返國結婚。一九一七年赴北京任北大文科教授。

在新文學運動中，周氏兄弟風雲一時，周作人的《人的文學》、《平民的文學》等不僅給新文學主張充實了許多具體內容，而且使人道主義思想得到明確的表述。他一生的主要

成就在散文創作。

　　中國現代散文孕育於五四新文化運動，借助於思想革命的力量，並為時代風雲所裹挾，其代表是《新青年》雜誌倡導的雜感。但五四潮退，出現迷茫，五四運動的健將們各奔東西，周氏兄弟也分道揚鑣。周作人檢閱舊作，對抗爭式雜感產生了厭倦，認為「缺少敦厚溫和之氣」，開始轉向「極其平淡自然的境地」。他皈依沖淡，別開名士情趣，以抒情小品為自己實踐的園地，抒寫豐韻的情致，為現代散文的文體成熟以及多樣化的發展提供了一個範本，從內容到形式，促使了散文一次大解放。在中國現代散文發展史上，周作人有著重要的不可抹煞的地位，但他的散文主張與實踐，有意無意地對時代尤其是對革命與政治的淡漠，使它為左翼作家所詬病。

一九二二年五月二十三日，周作人（前排左三）與魯迅（前排右三）

周氏兄弟成為中國現代散文最主要的兩種體式——「雜感」和「小品」的代表，顯示了他們政治思想、思維方式和性格志趣的差異，這種差異使他們走上不同的道路。在五四新文化運動中，周氏兄弟齊名，地位不相上下。其後，魯迅堅持他的社會改革主張，成為左翼文壇盟主。周作人提倡閒適小品，由戰士而隱士而最終墮落為漢奸。魯迅被毛澤東譽為現代聖人、文化革命的旗手，周作人則被視為民族罪人，受到唾棄。周氏兄弟的離合成為中國現代文學史上的一件大事，他們的一舉一動牽連著整個文壇，以致到今天都是一個說不盡的話題。

　　周作人晚年蟄居北京專心譯著，靠人民出版社預支稿費生活，也寫一些回憶魯迅的文字。當年他與魯迅斷然絕交，當然不會想到晚年要靠回憶魯迅來賺錢餬口，用許廣平的話說是「吃魯迅」。對他來說，這無疑是一種諷刺。但他給朋友的私信中仍然表示對「兄弟失和」至死不悔。這仍然是他性格中極端固執的一面在起作用。

　　周作人晚年譯著中花心力最多的是《希臘對話》，他多次在日記與書信中提及。甚至在一九六五年四月二十六日最後改定的遺囑中還寫道：「余一生文字無足彌道，唯暮年所譯希臘對話是五十年來的心願，識者當自知之。」他短短的九十四個字的遺囑只渴望「人死聲銷跡滅最是理想」，剩下唯一的願望是期待後來的「識者」能夠充分認識他最後留下的《希臘對話》的價值。

　　他寫了六十八年的日記最後一天是一九六六年八月二十

五十年代，周作人與孫子在北京家中庭院。

三日，第二天，紅衛兵衝進來抄家，批鬥了他三天三夜，最後把他趕到陰暗潮濕的洗澡間裡。他默默忍受了八個月非人的生活。一九七六年五月六日猝然發病，溘然去世。除了家人，沒有人向他告別。

當受到圍攻時，他傲然宣稱：

「三軍可奪帥也，

匹夫不可奪志。」

絕對權力的一次演習

一九五三年九月，梁漱溟與毛澤東在政協大會上公開發生衝突。三十年後，重提這樁公案不是因為人們對這位大知識分子與領袖幾十年友誼的終結感興趣，而是發現這樁公案是中國知識分子與執政黨的關係發生變化的先兆。梁漱溟從此閉門不出，一言不發。

　　四年之後（1957），當另外五十五萬知識分子應黨之邀，發表一些批評意見而被戴上「右派」帽子，知識分子從此三緘其口，執政黨再也聽不到不同的聲音。

　　梁漱溟當年敢於「如對老朋友爭論般拍案而起」（梁漱溟回憶）是自恃與毛澤東有幾十年的交情。一九一八年，梁漱溟在北大任教，與楊懷中是忘年之交，由此結識楊懷中未來的女婿毛澤東。一九三七年和一九四五年，梁漱溟兩度隻身飛赴延安，與毛澤東徹夜長談，爭論救治中國的方法和前途，兩人各述己見，相持不下，直到天明。四十餘年後梁漱溟回顧當時的爭論，仍然為毛澤東當年虛懷若谷的氣度激動不已。幾年後，中國共產黨取得了政權，梁漱溟與毛澤東的爭論有了結果。這位哲人毫無保留地承認了自己的錯誤，並且撰文在《光明日報》上發表《兩年來我有了哪些轉變》。不僅梁漱溟，幾乎所有大知識分子在建國之初都對共產黨和毛澤東心悅誠服，自覺地願意改造思想，跟上新的形勢。有人以為這些文字當年就是違心之論。這不是歷史的觀點，梁漱溟的自述就是證明。問題是得天下易治天下難，事情在後來

起了變化。

　　梁漱溟遭到毛澤東批評後，只是要求解釋的權力，希望毛澤東能夠解除對他的誤會，而不是如九年前那樣與毛澤東針鋒相對地論爭。但是他得到的是當眾的羞辱與被所有人包括他的知識分子朋友們的摒棄。這是一次演習，領袖開始作為絕對權威，而知識分子開始放棄維護說話的權力，因為他們幾年前已經解除了「武裝」。

　　八十年代，當這個公案舊事重提時，梁漱溟的思想也重新為研究者注意，並且被尊稱為「中國最後一位儒家」。

　　梁漱溟在近代中國思想史上，確實是位奇特的人物。他靠自學成才。一九一六年因在上海《東方雜誌》上發表《究元訣疑論》，為新任北大校長蔡元培注意，二十四歲的梁漱溟只有中學畢業，更沒有任何學位而破例受聘到北大哲學系任講席。他由出世的佛家轉到入世的儒家，由全盤接受西洋文化轉到復興中國民族精神，從中國傳統文化中尋求改造舊中國、建設新中國的「路向」。他認為中國是「倫理本位、職業分途」的特殊社會形態，必須從鄉村入手，以教育為手段來改造社會。他走出大學之門，到農村去搞鄉村實驗，實踐他的社會理想。

　　建國後，他以「幫助共產黨認識舊中國」為己任，對五十年代初的政治運動提出意見和建議，甚至敢於據理力爭，冒犯最高權威，置個人利害於不顧。挨整後寧可閉門不出也不改變觀點。紅衛兵抄家後，在沒有一本參考書的情況下，他憑著記憶動筆寫《儒佛異同論》。在批林批孔高潮中，他說

對孔子要一分為二。當受到圍攻時，他傲然宣稱：「三軍可奪帥也，匹夫不可奪志。」表現了他幾十年來保持著的中國傳統知識分子的可貴風骨。

梁漱溟直到九十高齡還在堅持他的學術研究，完成了五十年前開始著手的《人心與人生》一書，補正了他早年著作的過失與不足，了卻一大心願。書寫成後卻無人問津，找不到出版社。他傾平日結餘之全資，自費出版，不料出版後供不應求。其時，恰好一九五三年公案舊事重提。梁漱溟從此「熱」起來。

梁漱溟沒寫過自傳，他的第一部傳記是美國學者艾愷所著英文版《中國最後一位儒家──梁漱溟》。

歷史上任何絕對權威即使
再英明再偉大再明察秋毫再戰無不勝，
隨之而來的只會是專制和腐敗，
無一例外。

歷史轉折點的記錄

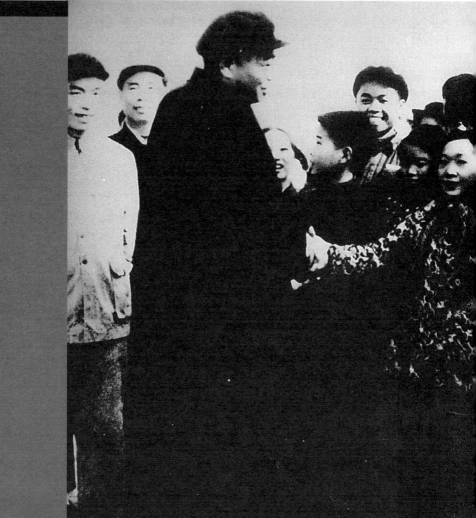

盧山會議是彭德懷一生的轉折點，也是中國共產黨執政後的第一個轉折點。真實地記錄這個轉折點的是一本《彭德懷自述》。

彭德懷一生南征北戰，功高蓋世，官拜國防部長，幾乎婦孺皆知。而更加深入人心的是他作為一個普通人的倔強個性、錚錚鐵骨和布衣品格。在共產黨高級幹部中，不畏懼毛澤東的權威敢於直言直諫，真正做到「不為人民鼓與呼，不如回家賣紅薯」的，彭德懷幾乎是唯一的一位。因此，彭德懷作為共產黨人的形象有著任何人無法替代的特殊意義。

人們常常發生疑問，既然彭德懷敢於犯上直諫，為何還是忍辱負重、屈服低頭？彭德懷在《自述》中承認，他一直想這樣的問題，到底保留自己的看法，還是作檢討？「如果以毛澤東同志為首的中國共產黨中央的威信受到了損失，那就會給國際共產主義運動帶來更大損失。想到這裡，我動搖了原先保留看法的念頭。」他還寫道：「在盧山會議結束後，我就想把我在軍隊三十年來的影響肅清、搞臭。這樣做，對保障人民解放軍在黨的領導下的進一步的鞏固，是有好處的。我就是持著這個態度，趕回北京來作檢討的。」這是一位黨的事業高於一切的老共產黨人的真實的內心世界。如果理解了彭德懷，就可以理解為何難以堅持真理和獨立思考，為何極左路線越來越猖獗以至造成全局性的災難而在黨內沒有遭到堅決的有力的抵制。

彭德懷的難能可貴在於他雖然組織上服從中央決定，但在思想上沒有停止獨立的思考。他從中南海永福堂搬到北京西郊掛甲屯吳家花園賦閒後，仍然不斷思考著與毛澤東有意見分歧的一些重要問題，擔憂著黨和國家的前途命運。一九六〇年上半年，他寫下了一本約五萬餘字的筆記，全面闡述了自己對八屆八中全會決議的看法。一九六二年六月，他又給毛澤東和黨中央寫了一封長信，對自己的歷史作了扼要的回顧，對強加給他的罪名進行了申訴。這就是後來被稱為「八萬言書」和「翻案信」的申訴信。「文革」中，彭德懷失去人身自由，被長期囚禁，殘酷迫害。為了回答專案組對他提出的許多荒誕無稽的質問，彭德懷寫了幾份自述材料，敘述了自己的經歷，對自己作了嚴格的剖析；同時對各種誣蔑之詞作了義正辭嚴的駁斥，表現了堅定的信念和不屈的意志。彭德懷留下的這些珍貴的文字就是我們現在幸運地看到的這本《彭德懷自述》。

　　在所有高級幹部的回憶錄中，唯有彭德懷是在人身失去自由的特殊情況下撰寫的。也唯有《彭德懷自述》沒有絲毫的矯飾，而是作了深刻的自我剖析。這部自述以真實的力量與凜然的正氣震撼人心。

　　彭德懷的命運悲劇是從廬山開始的。廬山之變影響當代中國歷史發展進程至深且巨。如果說，從批判梁漱溟到一九五七年反「右派」的一系列運動使中國知識分子三緘其口，那麼，廬山會議使黨內的真實聲音和不同意見三緘其口。當一個黨和一個社會失去面對真實的勇氣，聽不到不同意見的

「文革」中的彭德懷

論爭，就只能拜倒在絕對權威的腳下。歷史上任何絕對權威即使再英明再偉大再明察秋毫再戰無不勝，隨之而來的只會是專制和腐敗，無一例外。

盧山會議的結局，不但沒有達到原來預定糾「左」的目的，反而使「左」傾狂熱如火上加油，愈益熾烈。階級鬥爭的理論和實踐從此升級，從黨外引入黨內，最終不可避免地導致十年「文革」這場大災難的到來。

在盧山會議上幾乎全體一致地批判彭德懷的高級幹部們，幾年之後，也幾乎全體地置於被批判的地位，這是他們不曾想到的。審查彭德懷專案委員會主任賀龍沒等審查結束自己也成了被審查對象，並先於彭德懷被迫害致死。在盧山會議上作批判彭德懷主要發言的劉少奇幾年後成了「頭號走資本主義道路的當權派」，也先於彭德懷被迫害致死。這種歷史的玩笑的殘酷性和悲劇性足以使後人驚心動魄永誌不忘。

一九七四年十一月二十九日，七十六歲的彭德懷走完最後十五年屈辱征程，含冤去世。連骨灰盒也不能寫上真名，存放在成都一個普通火葬場。

不

應對複雜的人物輕下簡單的結論

他的悲哀在於最終也沒有機會向人們

展示他真實的內心世界。而我們至今

也難以勾畫這位大師全面的真實的面貌。

大革命失敗，郭沫若成了被通緝的要犯。他從香港秘密回到上海。周恩來決定讓他全家去蘇聯。他突然得了斑疹傷寒，幾乎死去，誤了去蘇聯的行期。最後，周恩來不得不安排他秘密東渡日本，開始了他漫長的亡命生涯。

從大革命的洪流中叱吒風雲突然變成蟄居異國他鄉潛心鑽研甲骨文，充滿浪漫激情的詩人和政治活動家無法擺脫心頭的苦悶和壓抑。因此，回到童年和少年時代去尋找一個反叛的自我是在革命低潮和精神危機時期實現自我的一種選擇。

郭沫若寫回憶錄如同他寫詩一樣呈現出亢奮的激情。一九二八年居然憑借「在養病期中隨時的記述」，完成了《我的幼年》的寫作。之後，一發不可收拾，陸續完成了《反正前後》、《創造十年》、《創造十年續編》、《北伐途次》、《我的學生時代》等等，在流亡和奔走的十幾年間，寫下了洋洋灑灑一百十多萬字的自傳，其篇幅之巨為現代作家之最。

如果說，郭沫若在二十年代初寫《女神》是他文學創作的第一次感情高潮，那麼從《我的童年》開始的自傳寫作則是他的第二次感情高潮。他寫自傳如同寫詩一樣是自我生命最充分的凸現。因此，他比任何現代作家都重視自傳的寫作。現代散文的回憶錄，由他起了一個不尋常的開頭。在他的影響下，許多作家也都拿起筆來寫自己的歷史，如沈從文、謝冰瑩等等。

郭沫若十分明確地宣布寫自傳的動機：「通過自己看出

一個時代。」作為入世文人他曾幾度置身於歷史風暴的中心地帶，他的自傳記錄了他親身經歷的二十世紀前半葉一系列重大歷史事件，構成了他自傳所特有的歷史文獻價值。

郭沫若寫自傳前又說過，他不想學奧古斯丁和盧梭表現什麼懺悔，也不想學歌德和托爾斯泰要描寫什麼天才。但這宣言卻不能抹去他自傳裡盧梭等人的印記和他思想矛盾的痕跡。他直率的筆墨驚世駭俗，他的自傳比他的其他文學作品更顯示他的個性風貌。

在二十世紀中國文化人中，郭沫若的才華很少有人能與之比肩。天才的魯迅，比郭沫若深刻，卻不如郭沫若多才多藝。郭沫若開了中國新詩的一代詩風，又築起現代歷史劇創作的高峰，他的文學翻譯獨創「神韻譯」一派，他的文學批評總領風氣之先，他作為新文化運動的領袖和旗幟，長達六十年之久，在中國幾乎沒有第二人。同時，他在歷史學、考古學、政治、外交、書法等眾多領域都創造了常人難以企及的業績。

但是，在文化大革命前夕，郭沫若卻公開宣布他畢生的著述毫無價值，應該付之一炬。他晚年唯一的著作《李白與杜甫》揚李抑杜到不合情理的程度，明顯是在迎合毛澤東的好惡。而他臨終遺言將自己的骨灰撒在大寨的土地上，幾乎成為後人詬病的最好證據。在那個時代深重的政治陰影下，即使如郭沫若這樣的大師也無法不壓抑自己的天性，無法不喪失自己的個性，這不僅是郭沫若的悲劇，也是一代知識分子的悲劇。

郭沫若的自傳只寫到四十年代，他的後半生沒有留下自述文字。已經出版的傳記也很難進入他的內心世界，更談不上對這位內心世界極其豐富複雜的文化大師作出準確的描述和公正的評價。一九九二年出版的兩大卷《郭沫若書信集》隱約透露出郭沫若當年內心的無奈和痛苦，特別重要的是六十年代他寫給年輕的朋友陳明遠的信，隱約可以看出郭沫若不曾公開不為人們所認識的另一面。比如，他信中說：「至於我自己，有時我內心是很悲哀的。我常感到自己的生活中缺乏詩意，因此也就不能寫出好的詩來。我的那些分行的散文，都是應制應景之作，根本就不配稱為是什麼詩。別人出於客套應酬，從來不向我指出這個問題，但我是有自知之明的。你跟那些人不一樣，你從小就敢對我說真話，我深深地喜歡你，愛你。我要對你說一句發自內心的真話：希望你將來校正《沫若文集》的時候，把我那些應制應

郭沫若漫畫像

景的分行散文統統刪掉，免得後人恥笑！當然後人真要恥笑的話，也沒有辦法。那時我早已不可能聽見。」當時的郭沫若是國家領導人，又是一國文壇之尊，已沒有機會把自己真實的內心世界展示出來，只能在私人信件裡對一個有特殊關係的小朋友講幾句心裡話，這是我們至今所能看到的唯一的真情流露，讓我們看到郭沫若不為人知的另一面。

郭沫若甚至還對陳明遠寫過這樣的話：「你太年輕，太天真，目前你把世界上的事情看得過於單純了」，「現在哪裡談得上開誠布公。兩面三刀，落井下石，踩著別人肩膀往上爬，甚至不惜賣友求榮者，大有人在。我看不必跟那些無聊無恥的文人去糾纏了。因此，我勸你千萬不要去寫什麼反駁的文章，那不是什麼『學術討論』，你千萬不要上當！」語重心長，可見郭沫若當時的內心多麼不平靜，但他不可能向一個年輕人完全敞開心扉。郭沫若的悲哀在於他最終也沒有機會向人們展示他真實的內心世界，而我們得到的這些訊息還不足以幫助我們勾畫這位大師全面的真實的面貌，但我們至少不會再對這樣複雜的歷史人物下簡單的結論。

作為正直的知識分子，

而又喪失知識分子的獨立性，

這個矛盾困擾著吳晗這一代知識分子。

立的學者與悲劇的犧牲者

中國沒有一位歷史學家的名字像吳晗那樣家喻戶曉。對他的批判成為一場史無前例的「文化大革命」的序幕。

吳晗清華大學畢業後留校任教。抗戰期間任西南聯大教授。他早年受胡適的影響，他在一份自傳中說：「治學的方法，以至立場基本上是胡適的弟子。」四十年代初他的思想開始變化，主要是接受了共產黨人的影響。在震驚全國的「一二‧一」慘案發生之後，他與聞一多凜然無畏地走在抬棺遊行示威的前列。他斷然拒絕反動派的封官許願，曾被反動派列入暗殺黑名單之中，而他置生死於度外，仍積極從事「民盟」活動。一九四八年，吳晗與夫人毅然奔赴解放區。

解放後，吳晗想當清華大學校長，不想離開學術界。顯然，他曾想超越於政治之外，但經周恩來做工作及馮友蘭等親友的勸說，他服從黨的需要，出任副市長，由此，捲入了解放後的一系列政治漩渦。一九五七年，劉仁和張友漁介紹吳晗加入中國共產黨。

一九六一年，吳晗與鄧拓、廖沫沙在《前線》雜誌開雜文專欄，取名「三家村札記」。五年後，「三家村」不僅成為他們三個人的罪名，而且還成了「文革」初期一切「黑幫」的代名詞。

但引來殺身之禍的還是他寫的劇本《海瑞罷官》。最早提倡海瑞精神的是毛澤東。胡喬木聞訊約吳晗為《人民日報》寫有關海瑞的文章，馬連良要求吳晗為北京京劇團寫海瑞

戲，都因為吳晗是我國著名的明史專家。吳晗本不懂京劇，盛情難卻，便破門而出，七易其稿，寫成劇本，上演後一片叫好。而江青卻抓住大做文章，向毛澤東遊說，毛澤東開始並不同意江青的說法，後來還是被說服了。這是江青的說法。其實，毛澤東正在尋找文化大革命的突破口，吳晗不幸被選中。吳晗之被選中還因為他是北京市副市長，而北京市委正是毛澤東要攻擊的第一個目標。

吳晗進入江青的視線，據江青自己說，除了《海瑞罷官》，還有《朱元璋傳》。江青還沒看過就說要批判。

吳晗寫《朱元璋傳》，前後經過二十年，出版過四種本子。一九四三年，吳晗花六十天時間寫出第一個本子，只有八

左起：沈志遠、吳晗、周恩來、沈鈞儒、翦伯贊、楚圖南。

萬字，一九四四年出版時曾用過兩個書名《明太祖》和《從僧缽到皇權》。四年後，他修改完成十六萬字的第二個本子《朱元璋傳》。朱東潤曾批評這本書「政治味特別濃重，我讀過的第一句話是『這是蔣介石論』」。吳晗後來也承認「由於當時對反動統治蔣介石集團的痛恨，以朱元璋影射蔣介石，雖然一方面不得不肯定歷史上朱元璋應有的地位，另一方面卻又要指桑罵槐，給歷史上較為突出的封建帝王以過分的斥責，不完全切合實際的評價」。

由於「這些比較嚴重的錯誤」，吳晗決意重寫。一九五四年的第三個本子他還是不滿意，一九六四年又重寫第四個本子。

吳晗是個嚴謹的學者。《朱元璋傳》共有五百多條注釋，說明資料來源，正如作者所言「做到無一事無出處的地步」。這部傳記以朱元璋的政治活動為組織材料的基本線索，只是最後一章集中寫他的私生活。這種結構方法反映了傳統史傳寫作方法的影響，寫作上有方便之處。缺點是沒有把人物性格作為一個整體來表現。因此，儘管作者幾易其稿，朱元璋這個歷史人物的複雜性格仍未充分表現出來。

吳晗在三十年代曾自豪地宣稱自己是個獨立的學者，但從他投入政治鬥爭，成為左翼知識分子之後，他的寫作無論是早期的《朱元璋傳》，還是晚年的《海瑞罷官》和《三家村札記》都自覺不自覺地為政治所左右。蘇雙碧、王宏志的《吳晗傳》中說：「從四十年代開始，吳晗的許多著作是古為今用的。」這是吳晗悲劇的深層原因。他的古為今用使他喪失了作為學者的獨立性。他不僅在學術上受到困擾，而且在

政治上走向絕境。據說，廬山會議後，吳晗把自己寫的《論海瑞》送給一位參加會議的領導看，這位領導告訴他，毛澤東說的是提倡真海瑞，不是假海瑞，是左派海瑞，不是右派海瑞。於是，吳晗又在文章裡加了一段反對假海瑞的文字。但結果吳晗還是沒有逃脫這場悲劇。

作為正直的知識分子，而又喪失了知識分子的獨立性，這個矛盾困擾著吳晗這一代知識分子，最終使吳晗成為悲劇的犧牲者。

講真話的力量

《隨想錄》巨大的思想力量，

使晚年巴金成為當代

中國文壇的良心和旗幟。

巴金晚年以他的《隨想錄》達到中國文學新的高峰，成為中國文學界的良心，走過了漫長的七十年文學創作道路。

巴金出生於四川成都一個封建大家庭。封建社會的黑暗，封建家庭的腐敗，對他是個「可怕的黑影」。偉大的五四運動給他巨大的影響，巴金自稱為「五四的產兒」。為了追求光明，二十歲的巴金走出閉塞的四川，到了上海。

一九二七年間，巴金旅居法國，在巴黎拉丁區一家小小的公寓的五層樓上，一間充滿煤氣和洋蔥味的小屋子裡，他寫出第一部長篇小說《滅亡》。他寄給國內的朋友徵求意見，《小說月報》主編葉聖陶看到了決定在雜誌上連載。巴金從此步入文壇，創作也一發不可收。

他早期的代表作是「激流三部曲」《家》、《春》、《秋》和《憩園》、《寒夜》等。他說過，他寫《家》時「彷彿挖開了我們家的墳墓」，「我向一個垂死的制度叫出了『我控訴』」，「我寫完了《家》和它的續篇《春》和《秋》，我才完全擺脫了過去黑暗時代的陰影　」。當這三部作品在報紙連載時，激動了兩代年輕人。許多年輕人就是讀了巴金的小說衝出封建家庭，走向革命的。

魯迅當年即稱讚「巴金是一個有熱情有進步思想的作家，在屈指可數的好作家之列的作家」。巴金也在五十年後說：「我的中國老師是魯迅。」他們的心是相通的，所以才有晚年的巴金。

新中國成立，巴金熱情地歡迎解放，「我想用我這枝寫慣黑暗和痛苦的筆改寫新人新事，歌頌人民的勝利和歡樂。」他下工廠，去農村，兩度赴朝鮮戰場，與年輕的戰士交朋友，他努力熟悉新的生活，反映新的時代。他也願意改造自己，「我的『改造』可以說是從『反胡風』運動開始，在反右運動中有很大發展，到了『文革』，我的確『洗心革面，脫胎換骨』給改造成了另一個人。」

　　但是，文化大革命中，他的這些努力都成了「罪證」，他被關進牛棚，受到種種精神折磨和人身侮辱，被剝奪了一切公民權利和他視為生命的寫作的自由。

　　即使受到這樣非人的「懲罰」，他在好幾年中仍然「相信他們所宣傳的一切，我認為自己是『罪人』，我的書是『毒草』，甘心認罪服罪。我完全否定自己，準備接受改造，重新做人」，「在十年浩劫的最初三四年中我甚至決心拋棄寫作，認為讓我在作家協會上海分會的傳達室裡當個小職員也是幸福」，「我今天自己也感到奇怪，我居然那樣聽話，誠心誠意地，不以為恥地賣力氣地照他們的訓話做。但後來我發現這是一場大騙局，別人在愚弄我，我感到空虛，感到幻滅。這個時期我很可能走上自殺的路，但是我的妻子蕭珊在我的身邊，她的感情牽繫著我的心」。這時，他才「漸漸地清醒了，我能夠獨立思考了」。

　　文化大革命結束，大徹大悟後的巴金重新拿起了筆。他以極大的勇氣和徹底的批判精神寫出了晚年力作《隨想錄》，促進了文壇的復甦和正在開展的思想解放運動。巴金以爐火

純青的語言寫出了他幾十年來的生活與思考，這些從心底裡流出來的血與淚的結晶把中國當代散文推向新的高峰。這部著作的巨大的思想力量使晚年巴金成為當代中國文壇的良心和旗幟。

巴金針對那個欺騙和謊言的年代第一個舉起「講真話」的旗幟，他說：「我提倡講真話，並非自我吹噓我在傳播真理。正相反，我想說明過去我也講過假話欺騙讀者，欠下還不清的債。我講的只是我自己相信的，我要是發現錯誤，可以改正。我不堅持錯誤，騙人騙己。」他的《隨想錄》被譽為一本「講真話的書」，是讀者對他的最高評價。

巴金在揭露欺騙和愚昧時也像魯迅那樣無情地解剖自己：「在那個時期我不曾登台批判別人，只是因為我沒有得到機會，倘使我能夠上台亮相，我會看作莫大的幸運。我常常這樣想，也常常這樣說，萬一在『早請示、晚匯報』搞得最起勁的時候，我得到了解放和重用，那麼我也會做出不少的蠢事，甚至不少的壞事。當時大家都以『緊跟』為榮，我因為沒有『效忠』的資格，參加運動不久就被勒令靠邊站，才容易保持了個人的清白。」在整個社會批判和清算文化大革命時，受盡苦難的巴金作出這樣的自我剖析和懺悔是第一個也是唯一的一個。巴金站在人類與歷史的高度表現了他的徹底性和深刻性。

又是巴金第一個呼籲建立「文革博物館」，呼籲「文革」的歷史不能再重演，「唯有不忘過去，才能作未來的主人。」

巴金晚年長期患帕金森氏症，寫字困難，但他「絕不放

下手中的筆」。當他實在無法再寫作之後，不只一次表示「要
用行動來補寫」他「用筆沒有寫出來的一切」。

文章自有命

如果沒有晚年這部書，

我們也許不能真正

深刻地理解他的一生。

當巴金開始寫《隨想錄》時，中國的另一位哲人馮友蘭正在寫他一生的回憶。巴金在《隨想錄》中對於文化大革命的批判和馮友蘭在回憶錄中對於文化大革命的反省，是研究文化大革命同樣重要的兩個文獻。巴金與馮友蘭從兩個側面揭示了文化大革命深刻的悲劇性。

將文化大革命中的經歷和思想作出真實坦白的毫不掩飾的記錄對每一個經歷過這場大災難的知識分子來說都不是件容易的事情。不少人出於各種原因，懷著各種目的對自己的這段歷史或者迴避，或者粉飾，或者虛構，因為幾乎所有人都自覺不自覺地、不同程度地捲入了這場所謂的「大革命」。這是每個人心頭的傷口，一碰都會出血。馮友蘭是最早揭開自己傷口的，他寫回憶錄是在一九八〇年。這時巴金也剛開始寫《隨想錄》。馮友蘭回憶錄的真誠和坦白至今沒有幾部書可以相比。

馮友蘭是早已有了自己哲學體系的大哲，在文化大革命中被一整再整，又已到八十高齡的晚年，但他還是積極地參加批林批孔，充當御用寫作班子「兩校大批判組」顧問，被江青召來喚去。這是他一生中失落自我最突出的表現。他的女兒宗璞曾經撰文分析他失足的原因：第一，「對儒家的批判自『五四』始，『打倒孔家店』的口號以批判精神一直傳沿下來。」第二，「開始批孔時的聲勢浩大，又是黑雲壓城城欲摧的氣氛。很明顯，馮先生又將成為眾矢之的。」「他想

脱身」「哪怕是暫時的。他逃脫也不是為了怕受苦，他需要時間寫《中國哲學史新編》。那時他已近八十歲。我母親曾對我說，再關進牛棚，就沒有出來的日子了。他逃的辦法就是順著說。」第三，「毛澤東的影響。先生思想中無疑是有封建意識的。他在『文革』遭批鬥，被囚禁，毛澤東的一句話『解放』他於水深火熱之中。他對毛有一種知己之感。」「對毛的號召總要說服自己跟上。」

馮友蘭回憶錄中也說：「一九七四年我寫的文章，主要出於對毛主席的信任，總覺得毛主席、黨中央一定比我對。」

他把自己的失誤歸結為「嘩眾取寵」：「實際上自解放以來，我的絕大部分工作就是否定自己，批判自己。每批判一次，總以為是前進一步。」「而在被改造的同時得到吹捧，也確有欣幸之心，於是更加努力『進步』。這一部分思想就不是立其誠，而是嘩眾取寵了。」正是由於解放以來不斷地批判自己、否定自己、改造自己，使這位早就具有獨立哲學體系的大知識分子失去了獨立的自我，獨立的人格，因此晚年的失誤就不奇怪了。這是最深刻的原因。

新中國成立，馮友蘭說整個中華民族真是對於共產黨毛主席有無限的崇敬和熱愛，像孟軻所說的「心服」，「如七十子之服孔子也」。五十年代初，馮友蘭對張岱年說：「近代以來，許多先進人物不能跟著時代走，晚年落後了，如康有為、嚴復都是如此。只有兩個人一直跟著時代走，一個孫中山，一個魯迅。我們一定要努力隨著時代前進。」這是他的肺腑之言。於是，馮友蘭與其他許多大知識分子一樣開始真

誠地批判自己的思想，否定自己的學說。如果說這些大知識分子在政治上只是天真爛漫的孩子，那麼他們對於自己其實很輝煌很值得驕傲並以為安身立命的學術成就輕易地否定不能不使我們感到震驚。

馮友蘭晚年回憶他學術上的「兩次折騰」：「解放以後，提倡向蘇聯學習。我也向蘇聯的『學術權威』學習，看他們是怎樣研究西方哲學史的。學到的方法是，尋找一些馬克思主義的詞句，作為條條框框，生搬硬套。就這樣對付對付，總算寫了一部分《中國哲學史新編》，出版到第二冊，文化大革命就開始了，我的工作也停了。」「到七十年代初期，我又開始工作。在這個時候，不學習蘇聯了，對於中國哲學史的有些問題，特別是人物評價問題，我就按照『評法批儒』的種種說法。我的工作又走入歧路。」這是很樸素的真話。一個大哲學家尚且如此，一九四九年後的學術研究無所成就也不奇怪了。

宗璞說過，馮友蘭一九四九年後生活的主要內容就是檢討，不斷的檢討。直到一九七九年才基本結束三十年的檢討生涯。他最後的十五年一切都圍繞著《中國哲學史新編》的寫作。馮友蘭早年是獨立的，這種獨立性曾一度失落，但他晚年終於又獨立了。他在給自己那本預料到不能出版的最後的著作《中國哲學史新編》第七冊寫序時說：「在寫八十一章的時候，我確是照我所見到的寫的。並且對朋友們說：『如果有人不以為然，因之不能出版，吾其為王船山矣。』」船山在深山中著書達數百卷，沒有人為他出版，幾百年後，終

於出版了，此所謂『文章自有命，不仗史筆垂』。」他如此看重這部書，甚至說，「現在治病，是因為書未寫完，等書寫完了，就不必治了。」果然書成後四個月，他便安然離去了。如果沒有晚年這部書，我們也許不能真正深刻地理解他的一生。

馮友蘭的墓碑刻自挽一聯：「三史釋古今，六書紀貞元」。三史《中國哲學史》、《中國哲學簡史》、《中國哲學史新編》，六書《新理學》、《新事論》、《新世訓》、《新原人》、《新原道》、《新知言》是他畢生的主要著作。

他把回憶錄稱為《三松堂自序》，說「非一書之序，乃余以前著作之總序也。世之知人論世、知我罪我者，以觀覽焉。」因此，他把這部回憶錄作為《三松堂全集》的第一卷。

他說自己「幼年秉承慈訓而
善成之謹言慎行，至今未敢怠忽」，
這影響了他晚年的這部回憶錄。

言慎行說滄桑

文化大革命結束，中國文學進入空前活躍繁榮的「新時期」。傳記文學也一反前十七年的拘謹和「文革」十年的空白呈現蓬勃發展之勢。但大量的是各種通俗的明星傳記、捉刀代筆的政治人物回憶錄和自費出版的企業家傳等等，與這些速朽文字相比，有價值的是一些著名作家的自傳和回憶錄，其中開風氣之先的是茅盾的自傳《我走過的道路》。

茅盾決心寫這部長篇回憶錄最初的醞釀還在文化大革命後期。他在文化大革命中受到衝擊，被稱為「三十年代文藝黑線祖師爺」，遭到冷遇。晚境不順，積鬱在胸，心情沉悶，有感於文化大革命曠日持久，自己來日無多，於是決定回顧

左起：夏衍、茅盾、周揚、巴金

茅盾

生平，留下歷史的真實。

　　他從一九七五年底到一九七六年底，在兒子媳婦的幫助下，口述錄音，秘密錄製了二十餘盤錄音磁帶。主要內容是回憶幼年到新中國誕生前夕的經歷。但作為文學大師，他還是不習慣口述錄音，而寧可執筆撰稿，儘管這樣做進度緩慢。一九七八年夏天，八十二歲高齡的茅盾以驚人的毅力開始親筆撰寫回憶錄，直至一九八一年二月十八日病重住院前兩天止，共親自寫了二十章四十二萬字。一九八一年三月廿七日，茅盾病逝後，由其子韋韜根據他生前留下的錄音、談話、筆記及有關文獻資料，仿乃翁筆調續寫了十六章四十餘萬字。合計八十餘萬字，是茅盾晚年的力作。

　　茅盾是早期共產黨人，作為中國現代文學的先驅與奠基人之一，他曾處於文學與政治漩渦的中心，畢生幾乎歷盡本世紀的風雨滄桑，在社會變革與文化藝術上都作出獨特貢獻。這個自傳回顧了他的前半生，到一九四八年離開香港北上為止，涉及到中國現代史上許多重要事件，如早期共產黨人的活動，北伐戰爭，文學研究會，三十年代左翼文藝陣營內部的論戰，魯迅的一些重要活動等等，這部自傳和《沫若自傳》一樣，可以說是中國現代文化史和文學史最重要的資料。

茅盾與夏衍

茅盾在序言中這樣回顧一生和聲明自傳的寫作的準則：「幼年秉承慈訓，謹言慎行。青年時甫出學校，即進商務印書館編譯所，四年後主編並改革《小說月報》，可謂一帆風順。我是有多方面的嗜好的。在學術上也曾經讀經讀史，讀諸子百家，也曾寫作詩填詞。中年稍經憂患，雖有抱負，早成泡影。不得已而舞文弄墨，當年又有『避席畏聞文字獄，著書都為稻粱謀』之情勢，其不足觀，自不待言。然而尚欲寫回憶錄，一因幼年秉承慈訓而善成之謹言慎行，至今未敢怠忽。二則我之一生，雖不足法，尚可為戒。此在讀者自己領會，不待贅言。」

飽經滄桑的茅盾在這裡的「開宗明義」，顯示無限感慨，並規定了這部自傳與熱情奔放的《沫若自傳》完全不同的風格。而且，由於這部自傳在「文革」中醞釀，「文革」後率先寫出，早有早的難處和忌諱。所以，全書的敘述平靜客觀，不帶感情色彩，對人物與事件盡可能少作褒貶，讓「讀者自己領會」。書中的茅盾謹慎寬厚，待人誠懇，有自己的見解，但不露鋒芒。與《沫若自傳》完全不同很少披露自己的感情世界，如對他在日本流亡時一段浪漫的愛情經歷隻字不提。

雖然茅盾「謹言慎行」，但這部自傳仍不失大家手筆。紛繁複雜的歷史事件敘述得井井有條，極為豐富的人物細節安排得細緻入微，如讀他的長篇小說，足見大師功力。

　　一九八一年三月廿七日，茅盾病逝，他給中共中央的遺書是要求追認他為中國共產黨黨員，「為了共產主義的理想我追求奮鬥了一生」。他給曾經擔任過主席的作家協會捐獻稿費廿五萬元，設立長篇小說文藝獎金。以後命名為「茅盾文學獎」。

　　茅盾辭世後第四天，中共中央決定恢復他的黨籍，黨齡從一九二一年算起，胡耀邦在追悼會上宣布「中國文壇殞落了一顆巨星」！

（題照為茅盾夫婦）

沒有答案的困惑

找不到答案的問題

不僅困擾著夏衍，

也困擾著中國一代知識分子。

夏衍從來不談自己。

他說：「除了一九三九年寫過一篇《舊家的火葬》之外，從來沒有寫過回憶往事的文章，這主要是我很同意喬冠華的意見：寫文章盡可能『少談自己』。」

他不願標榜自己的功勞，也不喜歡炫耀自己的苦難，即使文化大革命中被關進秦城監獄，右腿後跟踢斷幾乎喪命這樣的大災大難，親友們再三追問，他也說得輕描淡寫，他甚至沒有留下專門談文化大革命的文章。這不是說他認為個人遭受的迫害無足輕重，只是他認為應該從更深層的社會、文化、歷史等方面來分析總結，多談個人沒多大意思。在經歷了如此慘重的迫害之後取如此超然的態度，最能表現夏衍的風骨和性格。

夏衍不同於一般文化人，不同於只關注自己內心世界的作家，也不同於閉門做學問的書生，他是一個積極投身於社會改革洪流的革命活動家，文藝運動組織者，是一個不倦地探尋真理的知識分子。由於他接近政治漩渦中心，他經歷的跌宕起伏比一般知識分子更為劇烈，可以稱之大起大落。而在晚年大徹大悟之後，他所達到的人格境界和思想高度使他成為中國文藝界的精神領袖。

直到一九八〇年，夏衍已八十一歲高齡，在紀念「左聯」成立五十周年前後，朋友們再三慫恿他寫回憶錄，他才動了寫一本自傳體回憶錄的念頭。他說：「我們這些人有把自己

走過來的道路，經受過的經驗教訓，實事求是地記錄下來，供後人參考的必要。」

他從一九八二年暮春開始動筆，斷斷續續花了兩年多時間（大部分時間用於搜集和核查各種資料）完成了他晚年最重要的著作《懶尋舊夢錄》。他在這部回憶錄的「自序」中第一次談到自己回憶往事的過程。

他說，「我認真地回憶過去，是在一九六六年冬被『監護』之後」，專案組責令他一個星期內交出一份從祖宗三代起到「文革」止的「自傳體的交代」。以後又反覆逼他寫了多次。他說，當時寫交代，「既不敢說真話，也不能說假話，因為說真話會觸怒『革命派』，說假話會株連親友。全國解放後，我經歷過許多次『運動』，可以說已經有了一點『鬥爭經驗』。」

夏衍和巴金一樣非常坦白地承認自己的思想曾經有過一段非常可怕的變化：「一九六六年夏天被關在文化部附近的大廟，『革命小將』用鞭子逼著我唱那首『我有罪、我有罪』的歌，我無論如何也唱不出口，可是經過了兩年多的『遊鬥』、拳打腳踢、無休止的疲勞審訊，我倒真的覺得自己的過去百無一是，真的是應該『低頭認罪』了，這不單是對淫威的屈服，也還有一種思想上的壓力，這就是對無上權威的迷信。」

他「真正能靜下心來追尋一下半個多世紀走過來的足跡，反思一下自己所作所為的是非功過，那是在一九七一年『林彪事件』之後。」他從「交通幹校」，升級轉移到「秦城

監獄」，「有了兩年多的獨房靜思的機會」，「我就利用這一『安靜』的時期，對我前半生的歷史，進行了初步的回顧。」

秦城監獄單人牢房對所有政治犯來說都是可怕的懲罰，但夏衍卻幽默地說秦城監獄最大的恩典是允許看書。他說：「在秦城讀書有一個最大的好處，就是不受干擾，可以邊讀邊想，邊聯繫中國的實際。」「可惜這一段『獨房靜思』的時間太短了」，一九七五年七月十二日突然宣布他被解除「監護」，他拄著雙拐離開了秦城。

一九七六年一月，周恩來逝世，「我這個人是鐵石心腸，很少流淚，這一天我不僅流淚，而且放聲大哭了一場。這又使我回想起過去。說實話，要是沒有恩來和陳毅同志，我是逃不過一九五七、一九五九、一九六四年這些關卡的，我再一次陷入了沉思。」他「從實出發，又回到虛，從看史出發，又回到了哲學」，「才驚覺到我們這些一直以唯物主義者自居的人，原來已經走到了唯物主義的對立面！這就是公式主義、本本主義、教條主義，也就是唯心主義。」「我們這些人受到了懲罰，我想，我們民族、黨也受到了程度不同的懲罰。」所以，他決定要寫這部回憶錄。

回憶錄從他的家世童年寫到全國解放。其中難度最大也最有史料價值的是《左翼十年》這兩章。「左翼十年」是中國文藝運動成就最大、論爭最多、情況最複雜的時期，夏衍作為當事人之一留下了最珍貴的紀錄。

《懶尋舊夢錄》完成後，他就醞釀準備繼續寫下半部，內容從一九四九年進城到一九七八年改革開放新時期。一九九

一年冬天，他曾召他過去的秘書李子雲赴京，專門談過他對下半部回憶錄的設想，由於一九四九年後情況錯綜複雜，很難像上半部那樣依照時間順序來寫，便以事件或人物為中心歸為十章。可惜他只寫出了兩章：回憶進上海參加接管工作的《新的跋涉》和《武訓傳事件始末》。許多唯有他知道或唯有他才能寫出的重要史料如潘漢年和柯慶施，可能從此淹沒，這不能不是中國現代史的一大損失。

夏衍的第一篇作品是二十歲時寫的報告文學《泰興染坊的調查》，奠定他一生文學地位的作品首推《包身工》，也是報告文學。他晚年曾對人說，我的作品大概只有《包身工》可以流傳下去。他屢次講到他一生的正業，最感興趣的工作是報人，文藝工作不過是業餘為之。他在回憶錄中說：「從抗日戰爭開始到全國解放，我由於偶然的機緣，當了十二年記者。……我覺得這十二年是我畢生最難忘的十二年，甚至可以說是我工作最愉快的十二年。」這十二年是他創作的高峰時期，他寫出了大量的報告文學、時評隨筆、文藝評論等等，這些充滿智慧幽默和思想鋒芒的文字都貫穿著他直面社會直面人生的態度。這種記者和報告文學家的習慣一直保持到他生命的最後。很少作家如他那樣年過九十還興趣廣泛地關注著世事人情，文藝的論爭、科技的發展、國際的衝突、體育的賽事等等他都發表自己的見解，他從來沒有停止他敏銳的思想。

他最後一篇文章是他回憶錄下半部的第二章《武訓傳事件始末》。文章結束時他寫道：「我接觸最多的是知識分子，

最使我感動的也是中國的知識分子。後來我被攻擊得最厲害的也就是我對知識分子的態度問題。」「中國知識分子這樣真心擁護和支持中國共產黨，而四十多年來，中國知識分子的遭遇又如何呢？眾所周知，一九五七年反右派，一九五九年反右傾、拔白旗，一九六四年的文化部整風，以及『史無前例』的文化大革命，首當其衝的恰恰是知識分子。這個問題，我想了很久，但找不到順理成章的回答，只能說這是民族的悲劇吧。」

其實，這個問題不僅困擾著夏衍，也困擾著中國一代知識分子。如果夏衍能夠有時間把他下半部回憶錄寫完，一定能夠找到順理成章的答案。我相信。

原始記錄的價值

人們的記憶和敘述往往會與

事實真相發生難免的差距，

當事人的原始記錄就顯得特別珍貴和極其難覓。

文化大革命結束二十年了，到目前為止我所能看到的在文化大革命中寫作，記錄文化大革命中的經歷和史實，可以稱為傳記文學的作品，唯有一部陳白塵的《牛棚日記》。

關於文化大革命，控訴和批判，回憶和追記，人們已經寫得很多很多。但這些畢竟是事後的評說。因為時過境遷，人們的記憶和敘述往往會與事實真相發生難免的差距。由於主觀客觀的原因或這樣那樣的需要，有些回憶和敘述往往有意無意地誇大某些方面或縮小某些方面。更有甚者，有些所謂的紀實文學把歷史的真相攪得模糊不清。將來的歷史學家要下許多梳理和辨偽的工夫。因此，當事人當時原始的紀錄就顯得特別珍貴和極其難覓。

同樣是陳白塵，他在「文革」後寫過一部回憶錄《雲夢斷憶》，回憶「文革」中的幹校生活。他於嬉笑之中痛斥醜惡，於詼諧之下鞭撻罪孽。讀者評價說：那才叫「瀟灑」，是對「文革」生活的真正「瀟灑」！但這部回憶錄畢竟是以「文革」後的心態來寫「文革」中的生活，要通過三棱鏡才能折射出歷史的真實來。如果要了解文化大革命中的一個文化人的真實思想、真實心態和真實作為，還是要讀他的《牛棚日記》。如果有心的讀者把這兩部作品作點比較，就能看出其中的差別和悟到時間空間的魔力。

即使如陳白塵這樣嚴肅真誠的作家，由於寫作時間、環境和心態的不同，他筆下的文化大革命也有很大的差別；而

不那麼嚴肅、不那麼真誠的作家筆下的文化大革命與歷史的差距有多遠就很難說了。

我們的後代對於文化大革命已經沒有一點感性知識，他們如果只是讀到現在這些記述文化大革命的作品，很可能會產生誤解或者感到莫名其妙，他們不會明白這場災難是怎樣發生的又怎麼能夠持續十年之久，也不會明白每個人在這場災難中扮演了什麼角色又起了怎樣的作用。

因此，《牛棚日記》的價值和重要性，不在於文學，而在於真實，在於難得的文獻性。這部作品是應該放進巴金倡議建立的「文革博物館」的。因為「文革博物館」所要保存的是文化大革命的真實面貌，任何贗品一概拒之門外。

一九六六年九月十日，文化大革命剛剛開始三個月，中國作家協會的造反派把陳白塵押解進京。從這一天起，陳白塵在造反派嚴密監視的空檔裡，在一次次接受批鬥的喘息中，以各種他人無法認識的符號記下了整整五大本日記。他說他並沒有想到是為了「翻案」，也沒有想到是為了「變天」，他當時的這一做法僅僅是習慣使然。他整整記了七年。一九七三年，他因冠心病頻發而被「恩准」回南京治病。在那段隱姓埋名的日子裡，他重新翻出這摞日記，將那些符號「翻譯」成文且整理成篇。並且寫下了「前記」：「對於史無前例的無產階級文化大革命，在當時就缺乏理解，到今天也還理解不夠，為此對於自己的思想活動，則仍存其真，未加改動——當然，想改也是無從改起的。」當時，他只是不能忘記這段令他迷惘、令他痛心的歷史，而這樣做冒著極大的

風險。

　　二十年後，他的女兒偶爾發現了這摞年久發黃的日記。她摘錄了自赴京之日起至一九七二年春初次回南京探親為止的這一部分內容，建議發表。陳白塵重讀這些篇章，數天內吃不下飯，他說他似乎又回到了那個噩夢一般的年代。他題名曰《牛棚日記摘抄》。

　　摘抄者，是因為日記中原來記錄的他人他事均刪去了，保留的是他自己的思想活動和作家協會的有關鬥爭大事。這種無可奈何的做法在中國是極其常見的，為的是不給別人增添麻煩。但歷史的真相就在這裡打了折扣。陳白塵是深知其害的。所以對女兒說，今後如有可能一定要將其全文發表，不容刪改一字。

　　陳白塵已經對世俗讓了步，但是這部書稿寄出後還是石沉大海，他去世前一天還在問女兒，編輯部為什麼沒有回音。

　　陳白塵將發表《牛棚日記》看成他晚年生活中的一件大事，他不僅逢人便講，還為書稿寫下了「前言」，也是給編輯部的一封信。他說：「我老矣，已是風燭殘年……」其殷殷相盼之情令人心動。但他終於沒有等到有生之年親眼看到這部日記的出版。

　　這位著名作家一生中最重要的一部作品的發表尚且如此困難，巴金老人呼籲建立「文革博物館」的困難更是可想而知了。

　　全國解放時，陳白塵剛年屆四十，進入一個作家最寶貴的年華。在這之前，他已寫出了他的成名作和代表作，已經

名揚天下。但是在這之後的整整十七年，他的全部創作竟抵不上抗戰中的一年！他的女兒陳虹寫《陳白塵評傳》寫到解放後十七年時，就躊躇萬端難以下筆。但她不想迴避這段歷史，她這樣寫道：

「天亮了，解放了！陳白塵忿詈詛咒的社會終於推翻，企足而盼的時代終於來臨。他期待自由地寫作，渴望放聲地歌唱。然而這畢竟是一場天翻地覆的巨變，要想適應它必得付出昂貴的代價；這更是一場前所未有的革命，要想接受它更得付出巨大的犧牲。整整十七年，他兢兢業業，不敢懈怠；勤勤懇懇，不敢落伍。但是在數不勝數的『運動』之後，他終於找到了自己的座右銘：『但求工作上無過，不求創作上有功。』這究竟是可喜之得，還是可悲之嘆？作為一名作家他是歉收了！他赧顏，他慚愧，他更痛苦，更無奈。他只能苦澀地稱呼自己：終於成了一名『空頭文學家』。」

陳白塵看完女兒的書稿沒有吭聲。陳虹說他「似乎是極其悲戚而又無奈地接受了這段文字」。

其實，陳虹描述的豈是一個陳白塵，幾乎是那一代著名作家共同的心路歷程。他們幾乎都是在一個作家創作力最旺盛藝術上最成熟，應該走向創作巔峰寫出傳世之作的壯年時期停下了手中的筆。即使仍在寫作，也顯得蒼白無華，與他們曾有的輝煌毫不相稱。他們的十七年都是歉收的，有的著名作家甚至留下了空白。這不能不發人深省，不能不令人痛惜。

「給我狹窄的心／一個大的宇宙」

這句詩概括了馮至

一生的追求和創作精神。

生都像是在「否定」裡生活

一九九三年三月二日，在馮至遺體告別會上，夫人姚可昆率子女獻的花圈上的輓詩引自馮至《十四行詩集》中的一句：「給我狹窄的心／一個大的宇宙。」

馮至的學生袁可嘉認為「這句詩」概括馮至一生的追求和他七十多年創作中的一貫精神。他從青年時代個人情感的世界出來，中年時期向自然和社會接近，到老年時期表現愛國憂世的情懷，走的就是這樣一條道路。

一九二一年，郭沫若的《女神》首次出版。這一年十六歲的馮至寫出了他後來收入第一本詩集裡的第一首詩。開始了他的詩人生涯。不可思議的是七十年後，在他八十七歲生日那一天，他完成了一生中最後一首詩 ——《重讀〈女神〉》，不能不說是一種因緣。

馮至最早的兩本詩集《昨日之歌》和《北遊及其他》表達了青年人的期待和失望，不無憂傷但多親切自然之作。魯迅稱讚他是「中國最傑出的抒情詩人」。

一九二七年秋，馮至畢業於北京大學，在哈爾濱一個中學執教。一九三〇年前往德國留學。在存在主義聖地海德貝格大學研讀克爾凱郭爾，聽雅斯貝斯講課。同時鑽研歌德和里爾克的著作。馮至是我國現代作家中最早接受存在主義的積極思想成果，並付之創作實踐，融古化歐，中西揉合而形成自己獨特風格的一位大家。

歌德和里爾克對於馮至詩風的轉變和四十年代的創作高

潮起了重要的推動作用。馮至從原先的浪漫主義情緒詩轉變為現代主義沉思詩，代表作是《十四行詩集》。《十四行詩集》是中國現代主義詩的旗幟，不僅當時震撼詩壇，影響了正在崛起的新一代詩人，而且經歷半個世紀的考驗以後今天仍然是新詩優秀傳統中一顆燦爛的明珠。

四十年代是馮至一生創作的高峰期，他寫出了《十四行詩集》，散文集《山水》和歷史故事《伍子胥》。而創作準備時期最長，用力最多的還是《杜甫傳》。他晚年曾回顧這部傳記的寫作過程：

「德國留學將及五年，回國後在上海同濟大學任教，這期間也沒有研究唐詩的打算。我的杜甫研究多半是客觀環境所促成。一九三七年抗日戰爭爆發，同濟大學內遷，我隨校輾轉金華、贛縣、昆明，一路上備極艱辛。從南昌坐小船到贛縣，走了七八天，當時手上正帶了一部日本版的《杜工部選集》，一路讀著，愈讀愈有味兒，自己正在流亡中，對杜詩中『東胡反未已，臣甫憤所切』一類詩句，體味彌深，很覺親切。後來到了昆明，在西南聯合大學教德文，課餘之暇，頗留意於中國文學，有一天在書肆偶得仇注杜詩，又從頭至尾細讀，從此形成了自己對杜甫的一些看法。當時我想，在歐洲即使是二三流作家也有人給他們作傳，中國卻連大文豪都無較詳細的傳記，實在太遺憾了，蕭統的《陶淵明傳》、元稹的《杜子美墓系銘》、新舊《唐書》中有關李杜等的記載，都過於簡略了，為此決意給杜甫作傳。由於條件的限制，不可能全副精力來做這件事，所以我的準備工作用去了四五年時

間。我首先做杜詩卡片，按內容分門別類編排，如政治見解、朋友交往、鳥獸蟲魚等等。同時對唐代政治經濟、典章制度、思想文化諸方面的發展沿革，也作了必要的了解，國內學者如陳寅恪等的有關著作，也都讀了。另外，對杜甫同時代詩人李白、王維等的生平、思想、創作情況，也有了基本掌握。在這樣的基礎上，我才開始寫《杜甫傳》，那已經是一九四七年的事了。還是因為雜務牽纏，解放前只陸續寫出了《長安十年》、《杜甫與草堂》等幾章。解放後有些同志催促我趕快寫完，遂於一九五一年上半年全部完稿，分期發表在《新觀察》雜誌上。發表後，社會上反應較好，夏承燾先生等都給予熱情鼓勵。」

　　關於這部傳記的寫作特色，馮至這樣說：「《杜甫傳》在寫作上也受西方一些傳記文學的影響。我要求自己第一要忠於史實，不能有一點虛擬懸測，還杜甫以本來面目，他的偉大之處和歷史局限性都要寫夠、寫出分寸。第二我不作枯燥繁瑣的考據。考核史料並非沒有意義，主要是它同傳記的文體不合，傳記應當帶有形象性，寫出性格。」因此，這部傳記的思想性、學術性和文學性相得益彰。詩人用詩的語言，簡約而形象，富有韻律感，是建國後十七年傳記文學中少見的佳作。

　　馮至寫完《杜甫傳》後，也像幾乎所有大作家一樣再也沒有寫出大作品來。他在晚年寫的一首詩透露了這一代大知識分子共同的苦悶和心聲。他把這首詩命名為《自傳》，可見帶有總結一生的意思：

三十年代我否定過我二十年代的詩歌，
五十年代我否定過我四十年代的創作，
六十年代、七十年代把過去的一切都說成錯。
八十年代又悔恨否定的事物怎麼那麼多，
於是又否定了過去的那些否定。
我這一生都像是在「否定」裡生活，
縱使否定的否定裡也有肯定。

到底應該肯定什麼，否定什麼？
進入九十年代，要有些清醒，
才明白，人生最難得到的是「自知之明」。

受難者的妻子

她受過二十多年的磨難，
但仍然保持著高貴的
氣度和不屈的個性。

去北京開會回家，在書桌上一堆信件裡發現一封訃告，朱微明三個字使我一陣難過。

朱阿姨是位不平凡的女人。二十年前，我第一次見到她還是在文化大革命中，她已經受過二十多年的磨難，但仍然保持著高貴的氣度和不屈的個性。我當時正在讀俄羅斯詩人涅克拉索夫的長詩《俄羅斯女人》，朱阿姨給我的印象和流放中的十二月黨人的妻子們疊印在一起久久難忘。

朱阿姨二十三歲時為《大公報》總編輯王芸五先生所賞識，任駐渝記者。但她一腔熱血，不願滯留後方。王芸五挽留不住，只得親自送她到機場，前往皖南參加新四軍，做了一名戰地記者。隨後她嫁給了共產黨高級幹部彭柏山，從此改變了她的命運。

彭柏山出生入死打過仗。如果他只是一名軍人，可能會像他的戰友們一樣以老將軍的資格頤養天年。但他卻是一位文化人，而且是一位以魯迅為師，與胡風為友的文化人，這就注定了他的不幸。進城不久，厄運就開始了。他是在上海市委宣傳部長任上被捕的，以後流放到青海，最後在文化大革命中含冤自殺。朱阿姨帶著五個孩子在「反革命家屬」的陰影下生活了二十多年，其悲慘是可想而知的。「文革」結束後，朱阿姨為丈夫伸冤鳴屈，到處奔走呼告，直到平反昭雪。但是，她自己卻癱瘓在床上了。

我攜著訃告去朱阿姨家，家裡還布置著靈堂。她女兒小

胡風與梅志

連送給我一本書，說是母親的文集，沒有出版社肯出，她自費趕印出來，為了讓母親生前能看到，也為了給後人留下一段真實的歷史。

我感到手中這本書的分量，她記錄了一些人們不敢正視而實在不該忘卻的往事。

「文革」結束後，朱阿姨為了替丈夫伸冤到北京找到周揚。周揚復出後正處在深深的懺悔中。他拿出一份文件給她看，這是他當年寫給毛澤東的報告。批判胡風是周揚們挑動起來的。周揚們與胡風之間有歷史的宿怨，但周揚沒想到毛澤東會提到反革命的高度，把胡風往死裡整。他於心不安了，便給毛澤東寫信解釋只是學術之爭。毛澤東用鉛筆在他的信上批示：書生氣十足。周揚不敢再說話了，歷史悲劇便愈演愈烈。

後來，同樣的悲劇幾乎以同樣的方式在周揚身上重演了一遍。

歷次整肅知識分子的運動，都有一些知識分子扮演不光

彩的角色。如果沒有這些角色，運動是開展不起來也進行不下去的。正是由於這些角色主動或被動、積極或消極地參與，使每場運動搞得驚心動魄，有聲有色。

中國知識分子進行歷史的反思時，是不應當迴避這些事實的。但我們至今很少看到真實的描述和認真的研究。即使如周揚晚年作過真誠的懺悔和反省，而出版社編選周揚文集時，卻把他當年幾篇最著名的造成重大影響的大批判文章抽掉了。更不要說有些人故意掩飾自己的過去。後人將會弄不明白過去的一切究竟是怎樣發生的。

朱微明這本書中有的文章過去發表時也隱去了有些人的真名實姓，現在自費印刷，不須審查，統統恢復了歷史的原貌。還有的文章因為揭示了歷史的真相，竟然無法出書發表，現在也收進書裡，使這本書顯得更加沉重。朱阿姨臨終前囑咐女兒一定要送兩本書給上海圖書館，一本存檔，一本供出借。她說要對歷史負責。

（題照為彭柏山和朱微明）

她最輝煌的文學生命孕育於上海，

燦爛於上海。但她終究沒有

再回來看一眼她的上海。

找張愛玲

我讀張愛玲，字裡行間都讀出她是上海人。她生於上海，長於上海。她最輝煌的文學生命孕育於上海，燦爛於上海。她從上海離開大陸，雖然只有三十出頭，雖然她終究沒有再回上海看一眼她留下青春、留下愛怨、留下夢幻的上海灘。

但是，她畢竟在上海留下太多太多的痕跡，喜愛她作品的上海人在追憶這座大都市往日的絢爛和尋找今天的脈絡時，都會強烈地感受到她的存在，即使她已經在大洋彼岸靜靜地離開了人世。

我們在哪裡還能找到張愛玲？

張愛玲晚年與上海唯一的聯繫是通過鴻雁傳書。

她一生孤獨，如胡蘭成所說，即使在她最光彩的時候也是喜歡獨處的。她晚年更是隱居，給朋友和出版社的信只寥寥數字，她信寫得最長（也只幾百字）寫得最多（大約八九封）是給她在上海的姑姑張茂淵，這是她一生中最親的親人。

我據朋友提供的線索找到長江公寓，這座老式公寓還保留著原來的風貌，窄窄的樓梯，長長的走廊，暗暗的路燈。四十三年前張愛玲就是從這裡與姑姑分手離開大陸，從此天各一方。

一九八四年，張茂淵談到柯靈先生的文章《遙寄張愛玲》，勾起埋在心底的思念，便寫信請求柯靈先生的幫助。柯靈輾轉收到此信後，特意登門拜訪，解釋他寫《遙寄張愛玲》

是應香港朋友之約，也不知道張愛玲的去處，但答應幫助聯絡。

不久，張茂淵收到張愛玲寄自美國的信，這是隔絕三十年後的第一聲問候。

當我敲開長江公寓三〇五室房門時，接待我的是張愛玲的姑丈李開第，姑姑張茂淵已在年前去世。

張茂淵原來住在三〇一室，那是個兩套間。張茂淵住一間，張愛玲住一間。張愛玲走後，張茂淵覺得兩套間太大，房租承擔不起，便與鄰居調換了這一套間的來住。她一九四九年後就不工作，靠母親留給她的財產過日子。她個性獨來獨往，從沒想到婚嫁。到老了才跟幾十年的老朋友李先生結婚，為的是老來相伴、互相照顧。張茂淵去世時的遺囑也是把她的骨灰撒掉，張家人的天性是一樣的。

李開第與張愛玲早就相識。張愛玲去香港上大學，在法律上需要一個監護人，張茂淵就託當時在香港洋行裡做事的李先生承當。因此，張愛玲坐船到香港，還是李先生去碼頭接的站。

李開第回上海工作後，在長江公寓還見過幾次張愛玲，那時張愛玲也從香港回到上海。李開第是去探望張茂淵的，與張愛玲只打個招呼。

李開第與張愛玲真正的交往還是在他做了張愛玲的姑丈之後。張愛玲委託李代理她的大陸版權，李為此奔走聯絡。張茂淵去世後，李已年過九十，心力交瘁，無力再為張愛玲料理版權事宜，才於一九九二年將此事移交皇冠出版公司。

李開第很健談，記憶也清楚，我提出我最關心的問題，問他是否知道張愛玲為什麼決定離開上海。他說聽張茂淵說起過，我喜出望外。

　　上海解放後，主管文藝工作的是夏衍。夏衍愛才，很看重張愛玲，點名讓她參加上海第一屆文代會，還讓她下鄉參加過土改。當時張愛玲還是願意參加這些活動，她希望有個工作，主要是為了生活。張愛玲這個人很重錢財，張茂淵說她是「財迷」。她與姑姑同住，但兩人在錢財上分得很清楚。她當時沒工作，又發不了文章，斷了經濟來源，手頭拮据。她一直指望夏衍能夠給她安排工作。夏衍當時兼任電影劇本創作所所長，曾對柯靈說，要請張愛玲當編劇，但眼前有人反對，還要等一等。張愛玲等了兩年，沒有耐心再等了，便寫信到香港大學去詢問能否繼續中斷的學業，很快復信就來了。於是，張愛玲決定去香港。

　　離開大陸前，張愛玲與姑姑相約，從此隔絕往來，不打電話，也不通信。如此決絕，真是她們張家人的脾性。姑姑把她珍藏的一本家族照相簿交給張愛玲帶走，姑姑覺得留在手邊會是個麻煩。這本照相簿上珍貴的照片後來就成為張愛玲最後一本書《對照記》。

　　張愛玲離滬不久，夏衍派唐大郎來找她。姑姑說她已去香港。唐說能否追回來。姑姑說沒她的地址，因為她們相約不來往。夏衍曾表示很遺憾沒能留住張愛玲。

　　這大概是命運的安排，張愛玲注定要孤獨地漂泊。若她留下來，便不是張愛玲了。

我問李開第，是否知道張愛玲還有個弟弟張子靜。

李說知道他在上海，但從不來往。記得有一年，張子靜打電話給姑姑，報告他父親去世的消息。張茂淵聽到親哥哥去世只說了一句「曉得了！」就掛斷了電話，連一點表示都沒有。

當年，張茂淵為張愛玲出走的事上門去責問她哥哥，大吵一場，從此與他絕交。可見姑姑對張愛玲感情之深。

我也向柯靈先生打聽過，都不知道張子靜的下落。

我只得求助於公安局的戶口管理處。電腦幾分鐘就查出上海有三個張子靜，其中一個已經去世。我根據年齡判斷，肯定出生一九二二年的那位是張愛玲的弟弟，因為他比張愛玲小一歲。

我找到張子靜的住處，他不在家。熱心的鄰居告訴我，如果他在家，房門總是敞開的，只有睡覺才關門。

這是一幢長年失修、破舊不堪的小洋樓，寬敞的前庭和過道堆滿了雜物，連走路都磕磕碰碰。這幢樓原先的主人是對美國夫婦，在這裡開過診所。後來易主為吳凱聲大律師的住宅，再後來就變成現在這種七十二家房客的格局。張子靜的住房是把門庭前兩根大立柱所占的空地砌起來的，因此結構要比這幢老房子其他房間差得多，像個簡易房。

鄰居告訴我，張子靜過去脾氣很怪，獨來獨往，很少與人招呼。後來年紀老了，慢慢變得隨和，時常與鄰居們拉扯拉扯。他沒成過家，一個老人獨居，所以總開著門，他怕像張愛玲那樣死去都沒人知道。

我給他留了一張名片。

當天晚上，我再去拜訪，他正在等我。

他的房間只有十來個平方，極其簡陋的家具是他父親和繼母遺留下來的：一張舊鐵床，一只老式五斗櫥，幾口破木箱，一台十四英寸黑白電視機，屋裡的每一件家具都老掉牙了，這些家具，現在上海普通人家很難見到，好像上個時代的擺設。昏黃的燈光照著老人那張飽經風霜、布滿皺紋的面孔，他神態謙和，目光拘謹，手足無措。我在一張老式沙發上坐下來，他還站著，我請他坐下。我不由一陣心酸，問：「你從來就住在這幢樓裡嗎？」

「不，」張子靜搖頭，「說來話長。」他點起一枝菸，慢慢地抽著，談起往事，他那雙混濁的眼睛裡才有了一抹亮光。

他說，他們原來住在麥根路（現在的泰安路）一棟別墅裡，有很大的花園。父親是個少爺，從來沒有正式職業，靠祖母也就是李鴻章的女兒留下的遺產過日子。那時日子過得很闊綽，維持著大家族的門面，僕人前呼後擁，還有自備汽車。張愛玲上學回家都有汽車接送，所以她後來不認路。

他父親曾在日本銀行做過三年買辦的副手，這是他一生中唯一的正式工作。抗戰爆發，他父親離開那家日本銀行，與幾個朋友合辦了一家錢莊。但他父親從來不去管事，只在家裡打打電話，後來也就退出了。從此再不做事，就靠收房租和變賣家產過日子，家境慢慢壞下來。

他父親抽鴉片，還注射嗎啡。他母親勸不好就出國去了。父親寫信求母親回來，發誓戒鴉片。母親回來了，但他父親還是舊習不改。於是天天吵架，最後決定離婚。離婚協議書上有一條，張愛玲的生活費和學費由父親承擔，但張愛玲上什麼學校要徵求母親同意。

　　張愛玲中學畢業那年，母親從國外回來看望他們。母親建議張愛玲出國留學，母親西洋化的生活方式是張愛玲心儀已久的。她便向父親提出了留學的要求。父親不同意，還把她關在一間空房裡。於是發生了她離家出走的「事變」。這個「事變」決定了張愛玲的一生。

　　所有的文章都說張愛玲從此沒再回過家，其實不確。香港淪陷，張愛玲還差半年沒讀完大學，只得返回上海。她與姑姑商量，想在聖約翰大學繼續讀書。姑姑說她沒有錢，要張愛玲向父親討學費。於是，張愛玲才回了一次家。他記得很清楚張愛玲回家時的神態，好像過去的事情都沒發生過，她與父親只談學費的事，坐一會就走了。後來，學費是由他送去的。但這是張愛玲出走後唯一的一次回家。

　　他們的家境漸漸敗落，父親照舊抽他的鴉片，繼母也有鴉片癮。父親要維持過去的大場面已很困難，只得搬出麥根路小花園去借公寓，以後搬過幾次家，越搬越小。直到一九四九年搬到現在這間小屋子時，他父親已窮極潦倒，手邊的家產都變賣完了。只剩下青島的一棟房子，產權是與他伯伯共有的，每年的一半租金是他唯一的生活來源。

　　那時，他在上海郊區農村一個中學裡教書，每次回家看

望父母，因為房間太小，不能過夜，只能匆匆趕回學校去。

　　就在張愛玲離開上海一年以後，他父親肺病惡化，在貧病交加中去世。他得到消息從學校裡趕回來，已來不及見最後一面。

　　他母親離婚後去了法國，後來又到英國，曾回國幾次，看望過他和張愛玲，但她在海外的情況則閉口不談。據說一九五○年死於英國，他也是幾年後才得到的消息。

　　他的繼母活得比較長，在他退休這一年，也就是一九八六年去世的。他這才從學校搬到這間房子裡來住。他沒有結過婚，過去一直住在學校宿舍裡，到年過六十才算有了一個屬於他的家，從遠郊農村回到他年輕時熟悉的都市生活中來。

　　張子靜只比張愛玲小一歲。張子靜說，我好像比她小很多，在她面前像個小弟弟，只有聽她說話的份。張愛玲在熟人面前話很多，大聲地說話，大聲地笑。但在陌生人面前往往一言不發，很冷淡，人們便以為她孤傲。

　　他說，他從小體弱多病，上學也斷斷續續。張愛玲高中畢業，他才讀完小學剛進中學。他父親把張愛玲關起來，他在旁邊看，卻不敢多嘴。他知道張愛玲要逃，也不告訴父親。張愛玲離家出走後，只有他經常去看望姐姐。張愛玲逃到姑姑家，先住在常德大樓，後搬到重華新村，最後才搬到長江公寓。張愛玲見他只是談小說、談電話，從來不談家事，不提父親，也不談她自己。張愛玲與胡蘭成這段故事，他也是到一九四九年以後才聽說，當時根本不知道。與張愛玲很熟悉的朋友龔之方當年曾想為她做媒，可見當時文化界

老朋友都不知道張愛玲與胡蘭成的關係。

　　張愛玲成名之後，他去看姐姐常常撲空，有時碰上，張愛玲不耐煩地說她沒空，要他先打電話來約時間。他不高興，於是就很少再去看姐姐。這之後，他去揚州和無錫工作了幾年。

　　一九四九年，他回上海郊區中學教書，去市區父親家裡之後也常常去看張愛玲，知道她想工作又沒著落，便勸她去教書。張愛玲搖頭，說絕對不去教書。這時期的張愛玲心情很壞。

　　張愛玲去香港的打算從沒對他講過。離開上海也沒跟他打招呼。有次他去看姐姐，姑姑才對他說張愛玲已經走了，沒告訴任何人。他了解張愛玲的為人，知道再也見不到她了，不免悵然若失。

　　三十年後，大陸噩夢般的年代過去了。一九八一年底張子靜從上海《文匯報》主辦的《文匯月刊》上讀

一九五四年攝於香港

到張葆莘的文章《張愛玲傳奇》，這是大陸報刊三十年來第一次提到張愛玲的名字。他這才萌動了尋找張愛玲的念頭，因為畢竟是姊弟的血脈。

張子靜通過台灣的親戚和美國的朋友尋找張愛玲，幾個月後，張愛玲給他寫來第一封回信。張子靜告訴她國內開始在介紹她的作品，並附上了張葆莘的文章。張愛玲回信說這位作者寫的關於我的某些事實並不確切，比如我從來沒有到過英國。張子靜勸她回上海看看。張愛玲說她不會回大陸，什麼原因卻沒有說，但說現在能通通信就很好。

那幾年，張愛玲老在搬家，居無定所，更不與人來往，連信都不寫，電話都不接。張子靜一封封信都石沈大海，託親友尋找也毫無下落。張子靜只得求助於上海市政府華僑事務辦公室。上海市僑辦把他的信轉給國務院僑辦，國務院僑辦又轉給洛杉磯領事館，領事館打聽到一位新聞記者同時也是張愛玲研究者戴文采，託她轉交這封信。姊弟倆終於再度聯繫上。

一九八九年一月二十日，張愛玲再次寫信給張子靜：「你的信都收到了，一直惦記著還沒回信，不知道你可好。我多病，不嚴重也麻煩，成天忙著照料自己，占掉的時間太多，剩下的時間不夠用，很著急，實在沒辦法。」張愛玲還寫道：「現在簡直不寫信了。」這是實話，張愛玲晚年過著幾乎與世隔絕的隱居生活，連信都不寫，割斷了她與塵世最後一點聯繫。她給張子靜復一封信算是例外。但張子靜沒想到這竟是他們姊弟訣別的最後的訊息。

告別張子靜，抬頭遠望，明月當空。

　　我想起張愛玲《金鎖記》的開頭，「三十年前的上海，一個有月亮的晚上……」張愛玲如果還活著，回到她所喜歡的上海，面對今天的月亮，她會說什麼？

# 最 後的蘇青

她沒想到她最終還是走了
張愛玲的老路遠渡重洋，
只是張在生前，蘇在死後。

第一次聽說蘇青的名字還是十七年前，我的老同事謝先生悄悄告訴我的。謝先生是抗日時期跑戰地的老記者，一九五七年未能倖免，戴上右派帽子去勞改農場，家庭隨之破碎，二十年後返回上海，已白髮皤皤過耳順之年。他想重組家庭，我們都為他高興。有一天他告訴我，新娘很年輕，跟他相差二十多歲，是蘇青的女兒。他悄悄補充了一句，蘇青是敵偽時期很紅的女作家。但我卻不知蘇青為何人。

當年，丁玲、艾青剛重返文壇，沈從文、徐志摩剛恢復名譽，林語堂、梁實秋還在討論中，張愛玲還要再等四年之後，柯靈先生才寫那篇《遙寄張愛玲》的文章，蘇青更未看到出頭之日。我們這輩人自然不知道這個名字背後的涵義。

那一年，蘇青還活著，還生活在這個城市中間，但誰也不知道她。

後來，我聽謝先生說，蘇青很想再看看自己早年的代表作《結婚十年》。大陸經過歷次政治運動的掃蕩，蘇青身邊竟然沒有保存一本自己的著作。謝先生到處託人打聽，最後還是在上海作家協會書庫工作的魏紹昌先生幫助下找到這本書。當時還屬禁書之列，不能外借。謝先生偷偷複印了一冊，才了卻老人最後的心願。

再後來，便是聽說她的病故。那是一九八二年十二月七日，她走完了六十九個春秋的旅程，靜悄悄地告別了她所眷戀的上海。謝先生參加追悼會回來告訴我，靈堂裡沒有花

圈、沒有音樂，也沒人致悼詞，只有幾個子孫冷冷清清地向她告別。謝先生無限感慨：蘇青晚年太淒涼，生活對她太不公平。但當時也只能感慨而已。

幾年之後，張愛玲在大陸「捲土重來」，逐漸走紅。自然而然，人們提到當年與張愛玲齊名的蘇青，但只是提到而已，沒有一篇有分量的文章為她恢復名譽。倒是出版界悄悄地做著整理工作。到八十年代末，上海文藝出版社、上海書店和廣西灕江出版社三家出版社差不多同時推出蘇青的小說集，這才真正引起廣泛的注意。我也是這時才讀到蘇青的小說，距離我第一次聽說她的名字已經八九年了。

蘇青本名馮允莊，發表作品時署名馮和儀。出身書香門第，祖父是清末舉人，父親是庚子賠款的留美學生，母親是教師。早在少婦時代，她就給林語堂主編的《論語》雜誌投過稿，這篇散文發表後即引起文壇注意。她這時的寫作還是「票友」性質，離婚以後則靠賣文為生。她的離婚是生活的轉折點。她婚後家庭經濟支絀，夫妻關係失和。有一次，她向丈夫索取家用開支，發生激烈爭吵，丈夫竟打她一記耳光說：「你也是知識分子，可以自己去賺錢啊！」就是這一記耳光，促使倔強的蘇青走上職業寫作的道路。這時她已結婚十年，有三個兒女。

蘇青的成名是因她的自傳體小說《結婚十年》的暢銷，這部長篇小說在一兩年裡竟然印了三十六版。就如張愛玲所說，許多人對於文藝本來不感興趣的，也要買一本《結婚十年》來看看。蘇青因這部小說以及一系列雜文隨寫，被人稱

為「大膽女作家」。讀她那些談婚姻、談女人、談孩子以及談「性」與「道德」的文字，態度之坦然，言詞之直率，見解之犀異，在當年不僅是「大膽」，簡直有點驚世駭俗。

蘇青的與眾不同還在她自己出書、自己發行、自己收賬，而且又很成功。於是有人說因為她是寧波人，寧波人會做生意全國聞名。確實，在當年文化圈裡，很難找出第二個如此精明能幹充滿活力的女作家。

她還編了一本雜誌，名《天地》。據當時的一篇評論介紹「有一位歐洲回來的大學教授，每逢《天地》出版，以先睹為快，讀完後很小心地珍藏起來，又有人讀了還不到半本已經給人搶著借去」，可見這本雜誌在當時的影響力。《天地》的創刊號引出了張愛玲與胡蘭成的，一段悲喜姻緣，蘇青與張愛玲也由此結為知己。

蘇青的女兒曾回憶說，有段時間蘇青與張愛玲經常相伴出入，如影隨形，甚至常常交換衣服穿著，不分彼此。也許出於偏愛，張愛玲對蘇青的文字備加欣賞。張愛玲曾寫道：「蘇青是個紅泥小火爐，有它自己獨立的火，看得見紅焰焰的火，聽得見嗶嗶剝剝的爆炸。」又說「她就是女人」，「女人」就是她。「她的豪爽是天生的。她不過是個直接的女人，謀生之外也謀愛。」這幾筆素描頗為傳神。

蘇青與張愛玲都是敵偽時期在上海走紅的女作家，因此日本投降後，她們兩人都受到非難。她作這樣的表白：「我在上海淪陷期間賣過文，但那是我『適逢其時』蓋亦『不得已』耳，不是故意選定這個黃道吉日才動筆的。我沒有高喊

打倒什麼帝國主義，那是我怕進憲兵隊受苦刑」，「我的問題不在賣文不賣文，而在於所賣的文是否危害民國的」，「假如國家不否認我們在淪陷區的人民也尚有苟延殘喘的權利的話，我就是如此苟延殘喘下來了。心中並不覺得愧怍」。張愛玲也作過同樣的表白，意思與文字幾乎差不多。但她們還是受到了人身攻擊。朋友勸蘇青換個筆名再寫文章。蘇青卻寧可不寫文章，也不改名換姓。這就是蘇青的性格。

後來，張愛玲去了海外，蘇青還是留在上海。一則因為兒女之累，二則還是個性使然。她比較世俗，能夠應付更加實際。如胡蘭成說的，「以命運為賭博那樣的事，她是連想都不敢想。」

蘇青沒有走，留在上海。她以為自己屬於上海，新的生活會接納她。她脫下旗袍，穿上女式的人民裝。但是，她只有穿旗袍才合身、才舒適、有樣子，而穿人民裝卻不倫不類，假模假樣。她的時代已經過去，上海已經陌生，作為蘇青的蘇青在她選擇去留的那一刻已經不存在了，她晚年悲慘的命運在這一刻也已經注定了。

五十年代初，蘇青和越劇尹派創始人尹桂芳合作，為越劇團編戲。歷史劇《屈原》是她留下的唯一新作，但不再署名蘇青。她寫作只是為了溫飽餬口。接著，她又著手編寫《司馬遷》，為此她寫信向復旦大學教授賈植芳先生請教。不料，厄運從此開始。

賈植芳先生捲入「胡風事件」，抄家時發現蘇青給他的信。雖然這只是一封探討司馬遷生平的學術性通信，她和胡

風素無瓜葛，竟也株連到她，嘗了一年半鐵窗滋味才恢復自由。

從此，嚴酷的打擊接踵而來。《司馬遷》流產不說，她的名字被列入辭退名單，名聲和生活同時陷入狼狽境地。至親骨肉都與她劃清界線，斷絕往來。只有次女崇美和小外孫三代人在一間十多平方米的小房間裡相依為命。一九七五年。為她落實政策，總算有了固定收入，退休證上記載著她的生活待遇：每月工資六十一元七角人民幣，按七折計算，實發退休工資四十三元一角九分。她晚年貧病交加的困窘可想而知了。

蘇青晚年寂寞中唯一的排遣是擺弄一兩盆小花，另外便是給王伊蔚老人寫信。王伊蔚是當年《女聲》雜誌主編，蘇青為《女聲》撰稿而與王大姊結下友誼。蘇青晚年的這些信件是留給後世最後的文字：

「成天臥床，什麼也吃不下，改請中醫，出診上門，每次收費一元，不能報銷。我病很苦，只求早死，死了什麼人也不通知了。」

「我的朋友都不大來了（有的老，有的忙，有的勢利），寂寞慣了，心境很舒服。」

蘇青給王大姊最後一封信，是她的絕筆：「天天想寫信，天天沒有如願，原因是想細訴心曲，欲『細』反而不達了……這些花是我生命末期的伴侶，我並不悲觀，只是安心等待上帝的召喚，可我不能來看你了，實在怕去，只想安靜。結防所（指肺結核防治所）來人叫我去拍片（已二年不拍片了），我也一味拖拉，現在決定不去了，也決定不買花，

五十年代的蘇青

不來看你了。但是心有靈犀一點通，一息尚存，總是想念你的。」

幾天後，她大口吐血，昏迷過去，再沒醒來。

柯靈先生在回憶張愛玲時說，我扳著指頭算來算去，偌大的文壇，哪個階段都安放不下一個張愛玲，上海淪陷，才給了她機會。是這個特殊的年代造就了張愛玲。同樣，也是這樣特殊的年代造就了蘇青。所謂「命中注定，千載一時。過了這村，沒有那店」。

柯靈先生說，張愛玲的文學生涯，輝煌鼎盛時期只有兩年。其實，蘇青文學創作的鼎盛時期也不過兩三年。她的文學生命與張愛玲一樣，在一九四五年已經完成了。如果她那時就擱筆或者以後寫出更多的作品也不會改變她在文學史上的地位。蘇青與張愛玲的才情與個性大不相同，但她們的文學命運卻大致相似。只是在大陸，蘇青的文集已經出版，但蘇青文學上的功過得失還沒有得到公正的、應有的評價。我感到深深遺憾的是與這位老人失之交臂，沒有能夠向她致以最後的敬意。

蘇青死後三年，她的一位失散幾十年的親人從大洋彼岸來尋找她，帶走的只是她的骨灰和她最親愛的女兒。蘇青臨終曾囑咐女兒把她葬回故鄉，她沒想到她最終還是走上張愛玲的老路遠渡重洋，只是張在生前，蘇在死後。她現在與她的親人重新團聚了，但是，她的靈魂在異國他鄉是否能夠安息，我不知道。

兩人的榮辱成敗此起彼伏，

與中國二十世紀的藝術歷程

息息相關，絲絲入扣。

海粟與徐悲鴻

在改變中國現代繪畫面貌的藝術大師中，要數劉海粟和徐悲鴻最活躍、最具個性，影響力最持久。

他們都是從上海嶄露頭角，又是在上海分道揚鑣。他們曾經是師生，後來卻反目成仇。他們原本可以握手言歡，最後卻老死不相往來。一直到八十年後的今天，兩大流派的繼承者們仍然對峙著，懷著極深的偏見。

他們兩人的性格和經歷有許多共同點，但他們的藝術主張和藝術命運卻迥然不同。兩人的榮辱成敗此起彼伏，與中國二十世紀的藝術歷程息息相關，他們的個人命運和中國的歷史命運絲絲入扣。把這兩位藝術大師作點比較的念頭多年來一直在我腦際縈繞。

徐悲鴻一八九五年出生於宜興，劉海粟一八九六年出生於常州，相差一歲。兩人都在十六歲時面臨封建傳統婚姻的壓力。

徐悲鴻出身貧寒，為家計生活奔波操勞。他憐恤父母而勉強成婚，最後因疾病竟導致妻亡子折，造成封建壓力下的良心自責。他早年生活的不幸形成日後「獨持偏見」的傲骨。

劉海粟在封建家庭的壓力下，與他所鍾愛的表妹被迫分離，於是以逃婚來反抗。他逃到上海計畫東渡日本留學。慈愛的父親追蹤而來，卻只能妥協，表示資助他在上海創辦美術學校。劉海粟無意中竟使藝術夢想成真。一九一二年十二

月二十三日，中國第一所美術學校——上海美術院就這樣誕生。十七歲的劉海粟成為中國美術教育的開山祖。

一九一八年，劉海粟創辦《美術》雜誌。這是中國第一本美術雜誌，蔡元培題了「宏約深美」四個字。魯迅在陳獨秀主編的《每周評論》刊文高度評價這本雜誌出現的意義。六十五年後，筆者曾在海粟老人家裡看到這本已成珍貴文物的《美術》雜誌第一期。這本雜誌的最後幾頁刊載了上海美術院（後改為上海圖畫美術學校）的師生名錄，教師的陣容極一時之盛，在學生欄裡赫然列著「徐悲鴻」三個字。這就是後來糾纏鬥氣了半個世紀的「師生事件」的起源。

海粟老人晚年回憶：學校初創，非常艱難，一切在探索之中，隨意性很大。徐悲鴻是最早的學生之一，在校大約半年左右；有一天不辭而別，學校還派人到處尋找。

胸懷大志的徐悲鴻當然不能滿足於這樣一所尚未成形的美術學校，而要自創一番天地，因此，以後也恥於承認他的「學生」身分。但他在上

徐悲鴻在三十年代

海初試身手屢遭挫折，幾度絕望，甚至有次狂奔到黃浦江邊想要結束自己年輕的生命。廖靜文為他寫的小傳裡提到這件事，說徐悲鴻冷靜後醒悟到：「一個人到了山窮水盡的地步而能自拔，才不算懦弱啊！」

徐悲鴻直到被當時稱富一隅的哈同花園總管姬覺彌所賞識，才擺脫困境，走上坦途。在哈同花園，他結交了康有為、蔡元培等人，也初識蔣碧薇，終以私奔結束了這場反封建的自由戀愛風波，第一次東渡日本。但真正成為他藝術生涯轉折點的是兩年以後，在蔡元培支持下從上海乘船去法國留學，沒想到一去八年。

而此時，劉海粟已在上海穩固了他的美術基業，隨後演出了一場有聲有色的模特兒風波，使他的名聲遠遠超出了藝術界的範圍而婦孺皆知。柳亞子稱「這是藝術和禮教的衝突」；郭沫若則讚他為「藝術叛徒」。當徐悲鴻還在巴黎國立高等美術學校默默地研習素描時，劉海粟在上海的事業已如日中天。他東渡日本，被橋本關雪稱為「東方藝壇的雄獅」。這是劉海粟藝術生涯的第一個高峰期。

中國畫壇大概沒有一個人像劉海粟這樣少年得志，在年輕時獲得如此聲譽。但他清醒地認識到，自己是憑了天賦和機遇才叱吒風雲，雄視畫壇，而盛名之下，其實難幅。所以，他也聽從了蔡元培的勸告，兩度赴歐洲學習考察，第一次三年，第二次兩年。他在給傅雷的信中說：「誓必力學苦讀，曠觀大地。」徐志摩和傅雷都說過他去歐洲的學習謙虛而又刻苦。

如果說在國內，徐悲鴻與劉海粟的分手只是個人意氣，那麼到了國外，兩人各從其宗，在藝術上真正分道揚鑣了。可能他們自己都沒意識到，這次不同的選擇，竟然決定了他們兩人以後幾十年的榮辱浮沉。

　　徐悲鴻一到巴黎，便拜學院派領袖達仰·布佛萊為師，從人體素描著手奠定了堅實的寫實技巧，穩固了他日後的現實主義藝術觀。而劉海粟則崇拜塞尚、梵谷和高更，著力研究後期印象派理論和技法，並與石濤作比較，寫出了《石濤與後期印象派》這樣振聾發瞶的論文。

　　歐遊歸國，徐悲鴻致力於革新中國繪畫的現實主義藝術運動。他的藝術思想與左翼文藝思潮殊途同歸。在田漢等左翼作家的引導下，他毅然投入革命陣營，成為左翼文化運動中美術界的一員主將。在白色恐怖籠罩下，他只能採取比較含蓄隱喻的手法，以歷史人物和歷史題材傳達他的藝術信念，以強烈的現實主義力量控訴舊勢力，期盼新時代。史詩巨作《田橫五百士》、《傒我后》和《愚公移山》，在中國油畫和中國畫發展史上都具有不可忽視的地位。同時，他根據自己的見解引進一套系統而又不乏科學性的學院派教育體系，竭力擢選和羅致人才，為形成他的藝術流派打下了堅實的基礎。這是徐悲鴻藝術生涯的高峰期。

　　當徐悲鴻在畫壇上縱橫捭闔時，劉海粟相形失色。劉海粟回國後，張揚現代藝術，心繫開拓東西方藝術之門，與如火如荼的左翼文化運動隔岸相望。同時，他的名士作派和自由主義觀念使他周旋於各派勢力和三教九流之間，以致抗日

戰爭勝利後有人要以「漢奸」罪名加害於他。雖然罪名不能成立，但這個陰影以後幾十年一直伴隨著他，直至晚年才徹底洗刷清楚。

因此，一九四九年後，徐悲鴻的現實主義流派和學院派教育體系，被推崇到中國畫壇獨一無二的盟主地位是可以想像的。徐悲鴻獨占了全國美術家協會主席和中央美術學院院長這兩個最高頭銜。他的地位已登峰造極，但他的藝術高峰期已經過去，身體有病，大大影響了他的創作力。而劉海粟只能偏居上海，他的學校被兼併，弟子作鳥獸散，他實際過著隱居生活。

一九五三年春天，劉海粟應邀赴北京參觀，這是一九四九年後第一次北上。參觀結束，周恩來約見他。全國解放前夕，是周恩來挽留劉海粟於上海。周恩來對藝術界的內情頗為了解，說想約徐悲鴻與他一晤，問他是否願意。周恩來還說，悲鴻有病，性格容易急躁，你要多諒解。海粟欣然允諾，說一別四十年，早就想再見，一釋前嫌。幾天之後，周恩來辦公室打電話說，總理讓

徐悲鴻

劉海粟夫婦在九山

　　劉海粟別等了，先回上海去。據說徐悲鴻拒絕了周恩來的提議，也有人說是因為徐悲鴻病重。不管哪一種說法，兩位藝術大師終於失去最後一次握手的機會。半年後，徐悲鴻便病故了。海粟四十年後對我談起這件往事無限感慨，惘然若失。

　　徐悲鴻病故了，但徐悲鴻的影子仍然籠罩著畫壇。劉海粟走著下坡路，但還沒有走到坡底。

　　一九五七年，劉海粟被戴上了右派帽子，罪名是主張現代藝術和反對學院派教育體系。禍根是在法國種下的，或許還可追溯到創辦美術學校那一天。但這還不是坡底。

　　一九六七年，劉海粟被打成「反革命」，剝奪了一切自由，批鬥抄家，掃地出門，什麼罪都受了。二十幾年來，劉海粟沉重地一步一步地走向自己生涯的低谷。這一年，他真

正沉到了谷底。而且，一年又一年，整整十年，這位堅強的老人幾乎絕望了。

這十年，完全剝奪了劉海粟藝術創作和藝術活動的權利。但也正是這十年，劉海粟砥礪意志，磨練筆墨，成為他晚年第二次高峰期的準備。

劉海粟向來是位社會活動家，在以往的歲月中，非藝術的活動消耗了他太多的精力。只有這十年，他閉門蝸居，門前冷落，他的全部智慧和精力都傾注在書畫藝術上。十年浩劫沒能毀滅他，反而造就了他。他過八十歲生日那天，畫了一幅設色雲山圖，題款曰：「乘興潑墨潑彩，神韻無毫差；視余豪氣猶昔，他日未可量也。」他似乎已預見到那即將到來的思想解放和自己再次的藝術高峰。

如果不是結束文化大革命，劉海粟還要在黑暗中苦苦地等待。如果不是思想解放運動，現代藝術在大陸仍無立足之地，劉海粟還不能真正為人們所理解。在大陸，天時地利人和種種社會條件對藝術有著巨大的制約力，再偉大的天才也只能忍耐和等待。劉海粟沒想到的是，時代竟要他苦苦等待三十年！

三十年後，劉海粟過去的學生，後來當過駐法國大使的黃鎮出任文化部長，才衝破重重阻力，讓自己過去的校長到北京舉辦一次畫展。時代的變遷已不是任何人能左右，畫展的成功為劉海粟贏得了前所未有的榮譽。

劉海粟晚年的聲譽也達到登峰造極的地步，人們把他作為中國現代藝術的先驅者來頂禮膜拜。與其說這是他個人的

成功，不如說時代需要這樣一個偶像。其實他在洪流激湧的現代藝術潮流中只具象徵的意義。

　　徐悲鴻與劉海粟已先後離去，成為歷史人物。比較他們的成敗得失、是非曲直、榮辱浮沉，需要一部專著才說得清楚，這裡我只是說點感想而已。

微弱而又柔韌的生命力

鄧小平病危時，大陸各電視台都在播放記錄他一生事蹟的十二集文獻片，有一位老人在這部政治性極強收視率極高的紀錄片中亮相令我感到意外，他就是比鄧小平還長五歲的鄭超麟。

鄭超麟與世紀同齡，是中國共產黨早期活動分子，做過陳獨秀的宣傳部長和瞿秋白的秘書。他是大陸碩果僅存的最後一位托派。托派的正式名稱是「中國共產黨左派反對派」。鄭超麟是托派組織的中央委員。一九五二年以「托派反革命罪」被捕，坐了二十多年牢。托派這個名稱在大陸大多數人心目中至今還是一個可怕的罪名。

我知道鄭超麟住在上海是十年前的事。那時我在編雜誌，發表了一篇為王實味翻案而引起軒然大波的文章。王實味當年罪狀中致命的一條就是說他曾經是托派分子。一位研究共產黨歷史的作家說，其實托派問題也可以作一篇翻案文章。我即向她預約了這篇文章。當時我計畫組織一系列重寫歷史的課題。由此我知道了大陸還有最後一位托派就住在上海。他每年都給北京中央寫一份長長的申訴信，要求為托派平反。雖然石沉大海，但他還是年年如此，堅持不懈。這位傳奇人物引起我極大的興趣。記得那年，這位作家朋友來上海採訪，我們相約一起去拜訪老人。原先是約好的，老人臨時有事出門了。我很遺憾沒見到他。

後來，我聽說老人正在寫書。他是一九七二年出獄改為

管制的，到一九七九年始得恢復公民權，才有寫作的自由。他是中共早期歷史僅存的幾個見證人之一，但他所寫的史實與官方公布的黨史顯然有很大差異。他重獲自由那年已七十九歲高齡，以後的十幾年間，他不管能不能發表，孜孜不倦地寫下了二十幾萬字的回憶。

前年，老人這部《懷舊集》由東方出版社作為「內部讀物」出版。其實，這些年來「內部」與公開已無區別，《懷舊集》堂而皇之地擺在書店的書架上。讀這本書我很驚訝老人記憶力的清晰和筆力的穩健。尤其敬佩他觀點的鮮明和信念的堅定。這本書與其說是提供歷史的見證，不如說是老人以晚年微弱而又柔韌的生命力為中國托派作出最後的申訴和呼籲。

顯然，老人的聲音引起了有關方面的注意。在新出版的《毛澤東選集》第二版中關於托派問題的兩條注解重新修訂過了。第一條注解刪去了第一版舊注中稱托派為「暗殺者、破壞者、偵探間諜、殺人凶手的匪幫」和「完全是帝國主義和國民黨反對人民的卑汙工具」這些話，只是對托派的政治觀點作了客觀的介紹。第二條新注又進一步說明過去對托派的一些看法是受共產國際的錯誤論斷影響造成的。

中共中央雖然沒有公開為托派平反，但是通過對於《毛澤東選集》中兩條注解的修訂，實際上為托派平了反。過去，《毛澤東選集》中的每一句話都是經典的結論，一條注解可以定人死罪。當然現在沒有這樣的法力了，所以兩條注解的修訂只是給鄭超麟老人帶來些微寬慰，而幾乎不為人所知。

但是，這兩條注解的修訂必定會引起連鎖反應，至少對陳獨秀晚年的評價要推翻重做，因為陳獨秀當過一個時期中國托派組織的總書記。

　　讀《懷舊集》還有一個意外的發現，原來著名的達·芬奇的傳記小說《諸神復活》（上下二冊）的譯者竟是鄭超麟。他在書中回憶茅盾時寫道：「抗戰勝利，沈雁冰返回上海後，我把我的抗戰期間翻譯的，而由中華書局出版的一部長篇小說《諸神復活》託一個朋友（寧可說我的朋友的朋友）許志行送給沈雁冰。沈雁冰知道這個世界名著，便問許志行譯者綺紋是什麼人。許志行告訴了他，他於是在許志行和當時座客面前大談托派和中共殊途同歸論。」鄭超麟與茅盾是二十年代的老熟人，當年他們都是共產黨員。鄭超麟說他「譯書只為稻粱謀」而已，但這個書在當年頗有影響，十年前，三聯書店又把它重版了。

　　鄭超麟還出過一本書，是他一九四四年寫的回憶錄，也是去年重版的。作為這本書附錄的是他於一九八〇年寫的為陳獨秀翻案的長文。

　　我一直想去探望老人，幾次與他孫女在電話裡約了時間而未能成行。沒想到成為終生的遺憾，最後只是向老人的遺體告別。這是一個平靜肅穆的告別儀式，沒有挽幛，沒有悼詞，只有哀樂。

假如魯迅還活著

魯迅先生是二十世紀中國最偉大的文化巨人。

但他在五十六歲時過早去世。

出於對魯迅的崇敬，人們常常會提出

「假如魯迅還活著……」這樣的假設。

編完周海嬰先生回憶錄《魯迅與我七十年》的校樣，感覺言猶未盡。因為有一則重要史料，海嬰先生與我多次討論，酌斟再三，還是沒有寫下來。我總覺得不寫出來，這本書似乎沒有完成。但我又不想讓海嬰先生勉為其難，所以一直躊躇不決。

去年七月，海嬰先生來上海，去拜訪了王元化先生，感謝王先生為他的書寫序。談話間，他又提到這件史實。王先生說，他也聽說過這件事，應當寫下來，公之於世。這增加了海嬰先生的勇氣。

在回憶錄付型前幾天，海嬰先生才最後決定寫出來，寄給了我，作為這本書的最後一節。

那是講一九五七年的事，距今已快半個世紀。那年，毛澤東來上海小住，照慣例請幾位湖南老鄉聊天。據說有周谷城等人，其中包括羅稷南先生。當時正值「反右」，談話內容自然涉及對文化界人士在運動中處境的估計。羅稷南歷來崇敬魯迅先生，他抽個空際向毛澤東提出一個大膽的假設：要是今天魯迅還活著，他可能會怎麼樣？毛澤東沉思了片刻，回答說：以我的估計，（魯迅）要麼是關在牢裡還是寫，要麼識大體不作聲。羅稷南聽了驚出一身冷汗，不敢再作聲。以後也不敢向人透露。一直到羅老先生病重，覺得有必要把幾十年前的這段秘密對話公之於世，遂向一位信得過的學生和盤托出。直到一九九六年，海嬰先生應邀參加一個研討會

時，才聽羅老先生的學生轉述這件事。

魯迅一九三三年五月一日攝於上海。

　　魯迅先生是二十世紀中國最偉大的文化巨人。但他在五十六歲時過早去世。出於對魯迅的崇敬，人們常常會提出「假如魯迅還活著……」這樣的假設。而且，不同的年代，不同的年齡層和不同類型的知識分子都會從各個角度提出這個假設。在我的記憶中就看到聽到過好多次。

　　我記得文化大革命中，在紅衛兵小報上，就曾看到有人給黨中央寫信，要求追認魯迅為中共黨員，並且說，如果魯迅活著，一定是文化革命的旗手，中央文革小組的成員。自然這是出於年輕人的天真幼稚和對魯迅膚淺的認識。

　　文革後期，思想最沉悶的時刻，除了八個樣板戲，還有魯迅的書可看。我們覺得這種文化專制主義狀態下對魯迅的「優待」是對魯迅絕大的諷刺。私下裡討論時也曾設問：假如魯迅活著會怎麼樣。

　　不久前，有家雜誌的記者就以假如魯迅還活著為題訪問

了許多學者專家。可見，這個假設對思想者至今還有魅力。羅稷南先生生前覺得有必要把這段史實寫下來，不僅因為當事人都已過去，更重要的是這件事再次把兩位偉人聯繫在一起。雖然對魯迅作出準確而崇高的評價的第一人是魯迅引為唯一知己的瞿秋白，雖然毛澤東與魯迅未曾謀面，但是毛澤東第一個把魯迅推上中國文化史至高無上的地位，而且一九四九年後魯迅在中國文化界幾乎定於一尊，神聖不可褻瀆。因此，由毛澤東來回答這個假設就成為思想史上有深刻內涵和啟迪意義的命題。

　　毛澤東自然不會像紅衛兵那樣簡單，他的回答顯示他對魯迅真正深刻的認識，就像他多次所說的他的心與魯迅是相

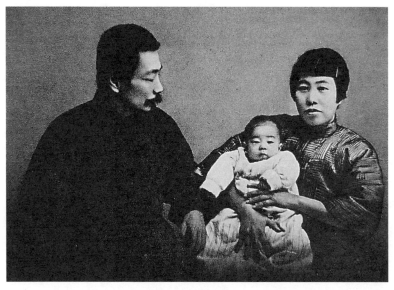

海嬰生一百日一九三〇年一月四日攝於上海。

通的。他與魯迅一樣都會堅持自己的思想和理念，都會按照自己的性格絕不妥協。因此，結局早就注定了，只是善良的人們不願這樣想。讓魯迅「識大體不作聲」，魯迅就不成其為魯迅。如魯迅不識大體，就會像許許多多寧折不彎的知識分子一樣打入十八層地獄。天堂與地獄只一步之差，現實就這麼嚴酷。

讀毛澤東晚年的談話錄比讀他正式發表的經過秀才加工的文章要引人入勝，因為真實、自然、生動、有趣，又充滿智慧。毛澤東的坦率往往讓他的對話者驚訝，比如毛澤東對尼克森說他喜歡右派，對田中說感謝日本人的侵略云云，都讓尼克森和田中一愣。毛澤東說魯迅會關在牢裡，則讓羅稷南嚇出一身冷汗。但毛澤東說的是大實話。毛澤東太了解他治下的中國的現狀，也太了解魯迅。因此，假設魯迅活著的結局也不是以他個人意志為轉移的。

其實，真正值得我們深思的是為什麼中國知識分子幾十年來不斷重複地提出這個假設，假設是相同的，每個年代的內涵卻不同。每個年代的關注點不同，實質都一樣。與其說是關心魯迅的命運，不如說是關心中國知識分子在現實中的命運。只要問題沒有解決，就會有人出來「假設」。以魯迅來假設，只是壯膽而已。

魯迅活到今天，已經一二〇歲了。周海嬰這本回憶錄是為紀念父親而寫的。我編完這部書稿，尤其是補上這最後一節，感覺魯迅更加親近了。

叢書總目錄

郵撥九折，帳號：17623526聯合文學出版社有限公司
《聯合文學》雜誌訂戶八五折。掛號每件另加20元
本書目所列定價如與版權頁有異，以各書版權頁定價為準

A062	教授的底牌	鄭明娳著	130元
A068	少年大頭春的生活週記	大頭春著	120元
A069	我們在這裡分手	吳　鳴著	130元
A070	家鄉的女人	梅　新著	110元
A072	紅字團	駱以軍著	180元
A073	秋天的婚禮	師瓊瑜著	120元
A074	大車拚	王禎和著	150元
A075	原稿紙	小　魚著	200元
A076	迷宮零件	林燿德著	130元
A077	紅塵裡的黑尊	陳　衡著	140元
A078	高陽小說研究	張寶琴主編	120元
A079	森林	蓬　草著	140元
A080	我妹妹	大頭春著	130元
A081	小說、小說家和他的太太	張啟疆著	140元
A082	維多利亞俱樂部	施叔青著	130元
A083	兒女們	履　彊著	140元
A084	典範的追求	陳芳明著	250元
A085	浮世書簡	李　黎著	200元
A086	暗巷迷夜	楊　照著	180元
A087	往事追憶錄	楊　照著	180元
A088	星星的末裔	楊　照著	150元
A089	無可原諒的告白	裴在美著	140元
A090	唐吉訶德與老和尚	粟　耘著	140元
A091	佛佑茶腹鴝	粟　耘著	160元
A092	春風有情	履　彊著	130元
A093	沒人寫信給上校	張大春著	250元
A094	舊金山下雨了	王文華著	220元
A095	公主徹夜未眠	成英姝著	160元
A096	地上歲月	陳　列著	180元
A097	地藏菩薩本願寺	東　年著	120元
A098	四十年來中國文學	邵玉銘等編	500元
A099	群山淡景	石黑一雄著	140元
A100	性別越界	張小虹著	180元
A101	行道天涯	平　路著	180元
A102	花叢腹語	蔡珠兒著	180元
A103	簡單的地址	黃寶蓮著	160元
A104	在海德堡墜入情網	龍應台著	180元
A105	文化採光	黃光男著	160元
A106	文學的原像	楊　照著	180元
A107	日本電影風貌	舒　明著	300元
A109	夢書	蘇偉貞著	160元
A110	大東區	林燿德著	180元
A111	男人背叛	苦　苓著	160元
A112	呂赫若小說全集	呂赫若著	500元
A113	去年冬天	東　年著	150元
A114	寂寞的群眾	邱妙津著	150元
A115	傲慢與偏見	蕭　蔓著	170元
A116	頑皮家族	張貴興著	160元
A117	安卓珍尼	董啟章著	180元
A118	我是這樣說的	東　年著	150元
A119	撒謊的信徒	張大春著	230元
A120	蒙馬特遺書	邱妙津著	180元

A121	飲食男	盧非易著	180元
A122	迷路的詩	楊 照著	200元
A123	小五的時代	張國立著	180元
A124	夜間飛行	劉叔慧著	170元
A125	危樓夜讀	陳芳明著	250元
A126	野孩子	大頭春著	180元
A127	晴天筆記	李 黎著	180元
A128	自戀女人	張小虹著	180元
A129	慾望新地圖	張小虹著	280元
A130	姐妹書	蔡素芬著	180元
A131	旅行的雲	林文義著	180元
A132	康特的難題	翟若適著	250元
A133	散步到他方	賴香吟著	150元
A134	舊時相識	黃光男著	150元
A135	島嶼獨白	蔣 勳著	180元
A136	鋼鐵蝴蝶	林燿德著	250元
A137	導盲者	張啟疆著	160元
A138	老天使俱樂部	顏忠賢著	190元
A139	冷海情深	夏曼‧藍波安著	180元
A140	人類不宜飛行	成英姝著	180元
A141	夜夜要喝長島冰茶的女人	朱國珍著	180元
A142	地圖集	董啟章著	180元
A143	更衣室的女人	章 緣著	200元
A144	私人放映室	成英姝著	180元
A145	燦爛的星空	馬 森著	300元
A146	呂赫若作品研究	陳映真等著	300元
A147	Café Monday	楊 照著	180元
A148	我的靈魂感到巨大的餓	陳玉慧著	180元
A149	誰是老大？	龐 德著	199元
A150	履歷表	梅 新著	150元
A151	在山上演奏的星子們	林裕翼著	180元
A152	失蹤的太平洋三號	東 年著	240元
A153	百齡箋	平 路著	180元
A154	紅塵五注	平 路著	180元
A155	女人權力	平 路著	180元
A156	愛情女人	平 路著	180元
A157	小說稗類 卷一	張大春著	180元
A158	台灣查甫人	王浩威著	180元
A159	黃凡小說精選集	黃 凡著	280元
A160	好女孩不做	成英姝著	180元
A161	古典與現代女性的闡釋	孫康宜著	220元
A162	夢與灰燼	楊 照著	200元
A163	洗	郝譽翔著	200元
A164	朱鴒漫遊仙境	李永平著	380元
A165	兩地相思	王禎和著	180元
A166	再會福爾摩莎	東 年著	160元
A167	男回歸線	蔡詩萍著	180元
A168	文學評論百問	彭瑞金著	240元
A169	本事	張大春著	200元
A170	初雪	李 黎著	200元
A171	風中蘆葦	陳芳明著	200元
A172	夢的終點	陳芳明著	200元

A173	時間長巷	陳芳明著	200元
A174	掌中地圖	陳芳明著	200元
A175	傳奇莫言	莫 言著	200元
A176	巫婆の七味湯	平 路著	200元
A177	我乾杯，你隨意	蕭 蔓著	180元
A178	縱橫天下	舒國治等著	150元
A179	長空萬里	黃光男著	180元
A180	找不到家的街角	徐世怡著	200元
A181	單人旅行	蘇偉貞著	200元
A182	普希金祕密日記	亞歷山大‧普希金著	250元
A183	喇嘛殺人	林照真著	300元
A184	紅嬰仔	簡 媜著	250元
A185	寂寞的遊戲	袁哲生著	180元
A186	歡喜讚歎	蔣 勳著	240元
A187	新傳說	蔣 勳著	200元
A188	惡魔的女兒	陳 雪著	200元
A189	與荒野相遇	凌 拂著	220元
A190	爽	李爽‧阿城合著	260元
A191	大規模的沉默	唐 捐著	200元
A192	尋人啟事	張大春著	240元
A193	海事	陳淑瑤著	180元
A194	一言難盡	喬志高編著	260元
A195	女流之輩	成英姝著	200元
A196	第三個舞者	駱以軍著	280元
A197	放生	黃春明著	220元
A198	布巴奇計謀	翟若適著	280元
A199	曼那欽的種	翟若適著	280元
A200	NO	翟若適著	280元
A201	少年軍人紀事	履 彊著	200元
A202	新中年物語	履 彊著	200元
A203	非常的日常	林燿德著	200元
A204	鏡城地形圖	戴錦華著	240元
A205	愛的饗宴	東 年著	160元
A206	祝福	蔣 勳著	180元
A207	眼前即是如畫的江山	蔣 勳著	180元
A208	情不自禁	蔣 勳著	220元
A209	寫給 Ly's M-1999	蔣 勳著	180元
A210	兵俑之戀	朱 夜著	180元
A211	手記描寫一種情色	林文義著	180元
A212	逆旅	郝譽翔著	180元
A213	大水之夜	章 緣著	200元
A214	知識分子	龔鵬程著	240元
A215	雨中的法西斯刑場	鍾 喬著	200元
A216	浮生逆旅	吳 鳴著	200元
A217	夾縫中的族群建構	孫大川著	200元
A218	山海世界	孫大川著	240元
A219	北歸南回	段彩華著	280元
A220	小說稗類 卷二	張大春著	180元
A221	凝脂溫泉	平 路著	200元
A222	女性觀照下的男性	李仕芬著	280元
A223	你給我天堂，也給我地獄	蔡詩萍著	220元
A224	秀才的手錶	袁哲生著	200元

國家圖書館出版品預行編目資料

百年追問／蕭關鴻著. --
初版. -- 臺北市：聯合文學. 2002〔民91〕
面； 公分. --（聯合文叢；260）

ISBN 957-522-395-0（平裝）

855   91014907

聯合文叢 260

百年追問

作　　　者／蕭關鴻
發 行 人／張寶琴

總 編 輯／許悔之
資深主編／鄭栗兒
執行編輯／張清志
助理編輯／郭慧玲
美術編輯／鄭子瑀
校　　　對／蘇淑惠　鄭秋燕　魚蘭　蔭豫
法律顧問／理律法律事務所
　　　　　　陳長文律師、蔣大中律師

出 版 者／聯合文學出版社有限公司
地　　　址／台北市基隆路一段180號10樓
電　　　話／(02) 27666759・27634300轉5107
傳　　　真／(02) 27491208 (編輯部)、27567914 (業務部)
郵撥帳號／17623526 聯合文學出版社有限公司
登 記 證／行政院新聞局局版臺業字第6109號
網　　　址／http://unitas.udngroup.com.tw
　　　　　　E-mail:unitas@ms4.hinet.net

印 刷 廠／世和印製企業有限公司
總 經 銷／聯經出版事業公司
地　　　址／台北縣汐止市大同路一段367號三樓
電　　　話／(02)26422629

版權所有・翻版必究
出版日期／2002年9月　初版
定　　　價／280元
copyright © 2002 by Xiao,Guan Hong
Published by Unitas Publishing Co.,Ltd.
All Rights Reserved
Printed in Taiwan

ISBN　957-522-395-0（平裝）
《本書如有缺頁、破損、裝幀錯誤、請寄回調換》